논리보다
공감해 주는
나에게

논리보다
공감해 주는
나에게

정재기 지음

프로방스

화려한 단어와 문장을 고민하기보다
그저 마음이 말해주는 대로
솔직하고 담대하게 쓰려고 노력했습니다.

글을 써 내려가는 동안 어느 단어와 문장 앞에서는
갑자기 펜이 멈춰 가슴 먹먹한 눈물을 쏟기도 했고,
피식 웃음이 나기도 했으며, 따스함을 느끼다가도
때로는 허망함과 공허함에 휩싸이기도 했습니다.

글을 쓰면서 여러분의 얘기를 들어주고,

이해하고, 때로는 울어주고,

누군가를 대신해서 싸워주고 싶다는 생각을 했습니다.

부디 읽음으로써 용기와 자존감을 높이고,

토닥임의 공감과 위로를 받았기를 기대합니다.

contents

chapter 5

마음이나
뜻을 굳게
가다듬어
정하다

chapter 1

어떤 사람이나
존재를
몹시 아끼고
귀중히 여기는
마음

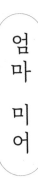

엄
마
미
어

사랑은 자세히 보고 귀 기울일 때
더 잘 보이고 잘 들리는 것.

전해 들은 이야기 중에는 친구나 직장 동료 이야기,
TV 프로그램을 보고 해 준 이야기 등 참으로 많다.
그런 이야기 중에는 오랫동안 기억에 남아
문득 떠올리면 가슴이 뭉클해지는 이야기가 있다.
출처가 어디인지, 누가 무엇을 보고 어디서 듣고
해 준 이야기인지 기억나지 않지만,
엄마와 아이의 이야기였다.

아직 말도 다 못 뗀 어린아이였는데 불치병을 앓고 있었다.
고통스러운 치료를 받을 때면 엉엉 울면서
"엄마! 아파. 아파." "미어. 미어. 엄마! 미어."하며 울부짖었다.
그럴 때마다 엄마는 꼭 안아주면서
"엄마가 미안, 미안, 미안해. 많이 아팠지?"
"엄마 밉지. 많이 밉지."라고 말하며
아이를 부둥켜안고 같이 엉엉 울었다.

매번 힘겨운 시간이 반복되었다.

어느 날 아이는 치료실에 들어가기도 전에
울며불며 몸부림치기 시작했다.
어르고 달랬지만 나아지지 않았고,
거칠게 몸부림치며 휘두른 아이의 손이 엄마의 입술을 때려
피를 머금게 했고, 쓰라린 아픔에 엄마는 화를 냈다.

주눅이 든 아이는 치료실에 들어갔고,
평소 같으면 아이의 손을 꼭 잡고 치료가 끝날 때까지
곁에 있었을 엄마였지만,
그날은 아이에게서 한 발 떨어져 치료받는 모습을
무표정하게 물끄러미 바라만 보았다.

이윽고 차가운 은빛 주삿바늘이 뽀얀 피부에 거침없이
들어갔고, 아이는 격앙되게 울기 시작했다.
"엄마! 아파. 아파." "미어. 미어. 엄마! 미어."하며 소리쳤다.
엄마는 아이에게 다가가 안아주었지만, 아이는 더 크게
"엄마! 아파. 아파." "미어. 미어. 엄마! 미어."하며 울었다.
엄마는 지치고 힘든 마음에 "그래. 나도 미워. 너 미워.
밉다구."라고 말하며 눈물을 쏟았다.

그렇게 아이를 안고 눈물을 흘리고 있는 동안
아이의 울음은 조금씩 잦아들었고,
"엄마! 아파. 아파." "엄마! 미어. 미어."라는 말이
점점 옅어졌다.

그 순간 이상하게도 엄마의 귀에 아이의 말이
점점 또렷이 들리기 시작했다.

"엄마! 미어 미어…, 엄마! 미아 미아…, 엄마! 미안. 미안."

엄마는 고개를 들어 아이를 보았다.
아이는 엄마에게 정말 미안해하는 표정으로 훌쩍이고 있었다.
지금껏 "엄마! 아파. 아파." "엄마! 미안. 미안."이라고
말해 왔던 것이다.
순간 엄마는 아이의 슬픈 눈을 보며 주체할 수 없는 감정에
휩싸여 엉엉 울며 말했다.
"엄마가 미안. 미안. 미안해."

美완성의 꿈

완성은 더 이상 꿈꿀 수 없지만,
미완성은 계속 꿈꾸게 만든다.

봄비가 내리는 날이었다.

진희는 강의를 마치고 집으로 가기 위해 스쿨버스를 탔다.

버스 안의 빈자리를 찾다가 중간쯤 지나칠 때

동준을 보았고, 바로 뒷자리에 가서 앉았다.

동준은 옆자리의 친구와 대화를 나누느라

진희가 타는 것을 보지 못했다.

진희는 집으로 향하는 내내 동준의 뒷모습을 바라봤다.

그리고 간간이 들려오는 동준의 목소리에 귀를 기울였다.

스쿨버스는 빗속을 가로질러 어느 정류장에 다다랐다.

진희는 동준이가 버스 출입문 쪽으로 걸어가는 모습을 보며

망설이다가 뒤따라 내렸다.

동준은 앞서 걸어가고 있었고, 진희는 뒤따라 걸었다.

진희는 무작정 동준을 따라 스쿨버스에서 내려서

뒤따라 걷고 있는 자신이 이해되지 않았지만,

그저 마음이 이끄는 데로 가고 있었다.

동준은 횡단보도를 건너기 위해 제자리에 서서
주위를 둘러봤다.
순간 진희는 우산으로 얼굴을 가리고 몸을 반대로 돌렸다.

사실 동준은 긴가민가하고 있었다.
진희의 모습 같은데 우산을 쓰고 있어서
자세히 볼 수가 없었다.
직접 다가가서 물어보고 싶었지만,
만일 다른 사람이라면 민망할 것 같았다.

둘 사이의 거리 간격은 좁혀지지 않은 채
동준은 골목 어귀에 있는 집으로 들어갔고,
진희는 다시 발걸음을 돌려 버스정류장으로 향했다.

그렇게 시간이 흘러 첫 MT를 갔을 때 술에 취한 동준이가
진희에게 넌지시 물었다.

"너 혹시 중리동에 사니?"

진희는 비 오던 날 동준의 뒤를 따라갔던 기억이 떠올랐다.

"아니. 난 성서에 살아."

중리동과 성서는 꽤 먼 거리였다.

"그래? 예전에 집에 가는 길에 널 본 거 같아서."

진희는 모른 척하며

"봤으면 불렀어야지."

동준은 웃으며

"불러볼걸. 근데 아니면 어떡해?"

"아니면 아닌 거지 뭐. 다음에는 꼭 불러봐"

"응, 다음에는 꼭 불러봐야겠어."

진희는 장난스럽게

"못할 거면서."

"아니 꼭 부를 거야. 꼭."

"그럼 지켜볼게. 부를 수 있는지."

동준과 진희는 계속 술잔을 주고받다가
이내 동준이가 먼저 술기운에 잠들어 버렸다.

그렇게 대학을 졸업할 때까지
진희는 또다시 동준의 뒤를 따라가지 못했다.
1학년을 마치고 동준은 군대에 입대했고,
진희는 오랜 기간 휴학하며 취업 준비를 했기 때문이다.

그날의 시간은 그렇게 멈춰버렸지만,
동준을 뒤따르던 그 길은 스무 살 풋풋한 연애소설 속에
소중하고 소박했던 추억의 길로 남아 있다.

나를 안아준 적이 있는가?

모든 것을 극복할 수 있는 것은 바로 나.

··· 나 자신뿐.

비바람이 몰아치는 폭풍 속에 나를 내던져버린 적이 있다.
온몸은 젖고 새파랗게 질려 웅크린 채 추위에 떨고 있었지만,
난 애써 외면했다.
그리고 차갑게 돌아서서 문을 닫아버렸다.
닫힌 문에 우두커니 기대며
내던져 버린 불쌍한 나를 모른 척하려 했지만,
이내 설움에 북받쳐 흐느끼며 주저앉고 말았다.

누구를 원망할 수도, 미워할 수도 없는 일이다.
세상에 혼자 남겨졌을 때, 그리고 힘겨운 시간을 겪게 될 때
비로소 나와 마주하게 되고,
이상하게도 그 무게감으로 인한 원망을
나 자신에게 쏟아낸다.
나를 지키려고 하는 나에게 말이다.
고맙고, 미안해하고, 사랑해야 하는 나인데.

그렇게 한동안 슬픔에 잠겼다가 다시 문을 열고 달려가
추위에 지쳐 쓰러져 있는 나를 안아준 적이 있다.

누구나 힘든 일을 겪으면 스스로를 포기해 버릴 때가 있다.
그럴 때면 포기하지 말고 나를 더 사랑해야 한다.

나를 버렸다는 사실은 훗날 트라우마로 자리 잡아
또다시 나를 쉽게 버릴 수 있다.
내가 힘들 때 외면하지 말고 더 가까이 다가가 주어야 한다.
그리고 또다시 부서지지 않게 안아주어야 한다.

지금 두 팔을 등 뒤로 돌려 안아 보기를 권한다.
그리고 잠깐 고개를 숙이고 눈을 감아 본다.
힘들 때 나를 안아 보면 괜스레 뜨거운 눈물이 흐른다.
왜인지 모르지만, 내게서 많은 위로를 받고 싶었는가 보다.
나를 너무 모르고 살아온 것 같다.

나를 죽게 하는 것도, 살게 하는 것도 나이기에
지켜주는 내게 감사해하고,
힘든 일이 있더라도 외면하거나 포기해서는 안 된다.
모든 것을 극복해 줄 수 있는 내가 있기 때문이다.

누구나 힘든 일을 겪으면
스스로를 포기해 버릴 때가 있다.
그럴 때면 포기하지 말고
나를 더 사랑해야 한다.

우리는 결국
죽음을 맞이하는 운명

사랑했던 사람이라면,

그리고 내일 죽음을 맞이하게 된다면

우리는 지금 당장 무엇을 해야 할까?

살아 있음에 누군가를 감사해하고, 이해하며, 사랑한다.
때로는 살아 있음에 누군가를 측은해하고, 불쌍히 여기며,
아픔을 헤아린다.
하지만 살아 있음에 누군가를 미워하고, 원망하고,
상처를 주기도 한다.

우리는 서로를 바라볼 때 가끔은 죽음을 앞두고 있는
사람이라는 마음으로 바라볼 수 있어야 한다.

미워하고, 원망하고, 증오하는 사람의 뒷모습을 보며
언젠가는 너와 내가 함께 죽어갈 수밖에 없는
운명이라는 생각을 해본다.
어쩌면 내일 당장 죽을지도 모르지 않는가?
그렇다면 우리는 그냥 머물러서는 안 된다.
죽음이라는 것이 갑작스럽게 올 일은 드물겠지만,
오해의 기나긴 터널과 흩어진 감정의 조각을 그대로 두면
많은 후회를 남기게 될 것이다.

아무래도 마지막 기억 속에 나라는 존재에 대한
서운함이 없도록 해야 하지 않을까?
하물며 사랑했던 사람이라면….

엄마에게 썼던 편지

그 누구의 잘못도 아니므로…

카페에서 책을 보는 동안 바로 옆자리에 앉은 엄마들의
한탄하는 소리가 들려왔다.
"속상해서 죽을 거 같아."
청소년기 자녀들이 부모의 말을 잔소리라 여기고
점점 버릇이 없어진다며 속상해했다.

순간 '과연 제대로 된 소통을 했을까?'라는 의문이 들었다.
대화가 아닌 훈계는 아니었을까?
자녀들은 아직 사회 경험도 없고, 옳고 그름에 대한 이해가
부족할 수 있으며, 절제와 스스로의 통제가 약할 수 있다.
그리고 아직 감정 표현이 서툴기 때문에
불만이나 답답함이 부모에게 반항으로 표출될 수 있다.
일부러 버릇없이 보이려고 한 것이 아니다.
하지만 부모는 자녀의 그런 말과 행동을 보고
버릇이 없다고 생각하게 된다.
그렇게 갈등이 시작되면 답답한 건 부모나 자녀 매한가지다.
그 간극은 점점 더 깊어진다.

나도 청소년기를 무난하게 보냈던 건 아니다.

무슨 이유에서였다고 딱 꼬집어서 이야기할 수는 없지만,

나와 부모님 양쪽 다 힘든 시기였던 것만은 분명했다.

가끔 어머니가 주변 사람들과 이야기할 때

내 사춘기 시절이 힘들었다고 말씀하신다.

부정하지 않는다.

갈등이 생기면 우리는 서로 침묵하게 됐고,

그 침묵의 시간만큼 더 다가서기 어려운 거리감을 느꼈다.

결국 말에서부터 잘못된 것이니 말로써 풀어가야 했다.

하지만 다시 대화를 시작하기에는 어디서부터 어떻게

시작해야 할지 몰랐다.

이 상황을 빨리 해결하고 싶은데, 혼자 어두운 방에 덩그러니

내팽개쳐진 느낌이었다.

답답함을 해소하기 위해 아이들은

어른들만큼 자유롭게 할 수 있는 일이 없다.

훌쩍 여행을 간다거나 술을 마실 수도 없다.

부모가 먼저 자녀에게 손을 내밀어야겠지만,
부모라고 해서 쉽지는 않다.
커가는 자식 앞에서 말 한마디 하는 게 부담스러울 수 있고,
더 엇나갈까 노심초사하며 자녀에게 다가서지 못하고
마냥 지켜보고 있는 게 속이 타들어 간다고 표현할 정도니까.

그렇게 살아온 삶과 살아가게 될 삶은
개입 차를 만들 수밖에 없다.

서로의 어긋난 감정이 금방 나아진다면 대화가 되지만,
그렇지 않을 경우가 더 많다.

대화가 어려울 때는 편지로 전하는 것도
좋은 방법이 될 수 있다.
어머니에게 처음 편지를 썼던 게 고등학교 시절로 기억한다.
나의 잘못과 마지막에는 미안하다는 맺음으로….
차마 직접 전해드리지는 못하고 등교하기 전에 식탁에 두었다.
학교가 끝나고 집에 들어가면
여느 때처럼 어머니는 한창 저녁 준비를 하고 계셨다.

인기척에 내가 집에 온 것을 아시고는
"편지 고맙다."라고 하실 때 지금껏 굳게 닫혔던
각자의 문을 열고 비로소 대화를 할 수 있었다.
그렇게 몇 번 더 편지를 썼던 것 같다.

대부분 가까이 있는 사람에게서 반복되는 갈등이
존재할 수밖에 없다.
마치 암기를 하듯 외우고 잊어버리기를 반복하는 것처럼.

시간이 지나 내 나이가 어느덧 나의 청소년기에
부모님 나이를 닮아 있었다.
가끔 부모님은 통화를 하거나 마주할 때
잘해주지 못해서 미안하다고 말씀하신다.
그럴 때마다 난 아니라고 대답한다.
그 누구의 잘못도 아니므로….
서로에게 격앙되기도 했고,
때로는 서러워 눈물을 흘리며 잠든 적도 있었다.
그럼에도 서로를 지탱할 수 있었던 것은
마음속에 서로를 위한 응원이 있어서다.

많은 시간이 흘렀지만, 아직도 이해할 수 없는 부분이
분명 있을 것이다.
하지만 어쩔 수 없는 그 간극을 이해하고,
서로가 건강하고 행복하길 바라며,

마지막 문장은 신해철의 〈아버지와 나〉라는 노래 가사로
대신해 본다.
'할 말은 길어진 그림자 뒤로 묻어둔 채
우리 두 사람은 세월 속으로 같이 걸어갈 것이다.'

감
동
의

순
간

그것은
마음을 다할 때.

지금까지 봤던 영화 중에서
오랫동안 회자되는 대사들이 있다.
그 어떤 대사보다 진정성 있는 감동으로 관객에게 전달되어
뇌리에 강하게 남았는지도 모르겠다.

영화 〈광해〉에서 사대의 명분에 따라
명나라에 2만의 병사를 파병하는 것에 대해 왕은 반박한다.
"거 사대의 명분이 뭐요.
도대체 뭐길래 2만의 백성들을 사지에 내몰라는 것이오."
"임금이라면, 백성이 지아비라 부르는 왕이라면,
빼앗고 훔치고 빌어먹을지언정 그들을 살려야겠소."
"그대들이 죽고 못 사는 사대의 예보다
내 나라 내 백성이 열 갑절 백 갑절은 더 소중하오."

마음의 울림이 계속 남아 이 장면만 몇 번이고
돌려봤던 기억이 있다.

그리고 또 다른 영화 〈변호인〉에서 피해자를 고문한
증인에게 국가가 무엇인지를 말한다.
"대한민국 헌법 제1조 2항, 대한민국 주권은 국민에 있고,
모든 권력은 국민으로부터 나온다."
"국가란 국민입니다."

영화 〈러브레터〉에서는 조난으로 죽은 옛 연인이 묻힌
산을 바라보며 이렇게 외친다.
"잘 지내고 있나요? 저는 잘 지내요."
몇 번이고 울먹이며 더 크게 외친다.
"잘 지내고 있나요? 저는 잘 지내요."
그리고 그 외침은 메아리친다.
마치 산에 묻힌 옛 연인이 대답하듯
"잘 지내고 있나요? 저는 잘 지내요."

살면서 마음을 후벼 파는 순간이 있다.
그 순간은 누구랄 것 없이 눈물을 흘리며 감동하게 된다.
쥐어 짜내고 호소해서 만들어지는 것이 아니다.
그것은 마음을 다할 때다.

사랑했다는 순간에 대한 예의

서로를 용서하는 것이야말로
가장 아름다운 사랑의 모습이다.

- 존 셰필드 -

너무 미워하지 말아요.
너무 상처 주지 말고요.

그래도
한때는
뜨겁게 사랑하고
열렬히 응원하고
성의껏 도와주던
그런 때가 있었기에

사랑이 식고 오해와 미움으로
뒤범벅되어 버렸어도

다른 누군가가 마음에 들어와
하찮고 보잘것없이 보일지라도

처음부터 그랬던 건 아니었으니까
서로 정말 사랑했었고,
세상에서 가장 아름답고 멋진
우리였을 때가 있었으니까.

기억하며….

사랑했었다는 순간에 대한 예의는
지키도록 해요.

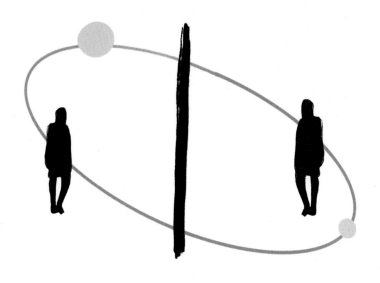

너무 미워하지 말아요.
너무 상처 주지 말고요.

아
이
러
니

사랑은 아이러니하게도 위기를 자초하면서도
위기를 극복한다.

잘 지내고 아프지 마….

그렇게 마지막 인사가 끝났다.

무엇이 우리를 멀어지게 한 걸까?

이별은 왜 되풀이되는 걸까?

사랑을 했다.

그것은 분명한 사실이었다.

하지만 또 이별이다.

칼릴 지브란은 《예언자》에서 사랑은 사랑하는 것만으로
충분하다고 말한다.

처음에는 사랑이 전부다. 아무것도 보이지 않는다.

모든 것을 가능하게 만들고 모든 희생을 감수할 수 있다.

하지만 시간이 지날수록 서서히 식어버린다.

박웅현은 《여덟단어》에서 사랑에 대해 이렇게 이야기한다.

정말 미안하지만, 우리 솔직해집시다. 사랑이 영원한가요?
남산에 올라 자물쇠를 채운들 그 사랑이 영원할까요?
그런데 사실 사랑하는 그 순간 당사자들은 몰라요.
사랑이 영원할 줄 알아요. 저도 그랬고, 여러분도 그럴 테고요.
사람들은 누구나 그래요. 한 사람에게 무너져내린 황홀한
인생의 순간 누가 마지막을 떠올리겠습니까?

결국 사랑은 시든다고 이야기한다.
하지만 누구나 운명적인 영원한 사랑을 꿈꾼다.
그리고 사랑을 지키기 위해 노력한다.
사랑 후에 이별은 너무 힘들고 슬픈 일이기 때문에
사랑이 반드시 시든다고 하면 너무 잔인한 일이 아니겠는가.
정말 영원한 사랑은 없을까?
사랑을 지켜 내기 위한 방법은 없을까?

칼릴 지브란은《예언자》에서 이렇게 이야기한다.

비록 그의 길이 힘들고 가파를지라도.
사랑의 날개가 그대들을 감싸 안으면
그에게 몸을 맡기십시오.
비록 그 날개 속에 숨겨진 칼이 그대들에게 상처를 입힐지라도.
사랑이 그대들에게 말하면 그를 믿으십시오.
비록 그의 목소리가 폭풍이 정원을 휩쓸어 폐허로 만들 듯
그대들의 꿈을 산산이 부숴버릴지라도.
사랑은 그대들에게 왕관을 씌워주지만
고통의 가시관을 씌우기도 합니다.
사랑은 그대들을 자라게 하지만
그대들의 가지를 쳐내기도 합니다.
사랑은 그대들의 꼭대기로 올라가
햇살을 받으며 하늘거리는

그대들의 가장 연한 가지를 어루만져 주지만,
그대들의 가장 깊은 곳으로 내려가
뽑힐 정도로 뿌리를 흔들어 대기도 합니다.

칼릴 지브란은 사랑은 사랑하는 것만으로 충분하다고 했다.
사랑은 항상 달콤한 행복과 쓰디쓴 아픔을 동반한다.
그럼에도 사랑을 지키기 위해서는 서로를 인정해야 한다.
하지만 시간이 지날수록 사랑의 감정을 잊고 살아가게 된다.
단지 잊었을 뿐인데 우리는 오해와 다툼의 힘겨움에
고뇌하며 사랑을 잃어버렸다고 한다.
너와 나의 사랑은 여기까지라고.

사랑을 잊는 것은 시간에 비례한다.
박웅현은 그 시간이 지나면 대부분 아무렇지 않았던 말투,
습관과 취향이 못마땅해지고 사랑했던 것에
아연해진다고 한다. 사랑은 처음 같지 않다.
시간이 지나면서 다름이 틀림으로 바뀐다.
다름은 인정이지만 틀림은 인내가 된다.

아무리 죽고 못 산 로미오와 줄리엣도
3년 정도 연애를 했다면, 쌍욕까지는 아니더라도
가끔 서운해하며 다투기도 했을 테고,
나중에 어쩌면 헤어졌을지도 모를 일이다.
그렇다고 해피엔딩을 위해서 모든 연인을
시한부 생으로 만들 수도 없는 노릇이다.

중요한 것은 시간이 지날수록 인내하지 말고 인정해야 한다.
인내해야 할 것은 사랑을 시작할 당시에는 애초에 없었다.
인내하다 보면 서운함이 생기고, 그 서운함을
핀잔이나 지적으로 표현하다 보면 상대도 인내하게 된다.
인내는 악순환의 고리다. 사랑에 있어서는 독이다.

힘든 하루를 마치고 내 말 한마디 들어줄 상대가 있다는 것.
볼 수 있는 누군가가 내 앞에 있다는 것에 감사해야 한다.
불같이 뜨거운 사랑만이 사랑은 아니다.
금실 좋은 노부부를 보면 불같이 뜨거운 사랑을
하고 있다고 느끼지 않는다.

그냥 서로의 존재감만으로도 만족해하는
편안한 인생의 동반자로 보인다.

시간이 흐르면서 서로에게 너무 기대하거나 기대지 않고
소박한 소중함으로 만들어진
사랑의 성장이자 진화이기 때문이다.

자녀가 위대한 사람이 되는 꿈

자녀를 키울 때 가장 힘든 일은
자녀에 대한 두려움보다
희망을 앞세우는 것이다.

– 엘런 굿맨 –

부모가 되어서는 자녀가 꿈꿀 수 있도록

지나친 간섭을 거두어야 한다.

매사에 이래라 저래라 지시하면

자녀는 꿈꿀 시간을 잃어버린다.

길을 정해주려고 하지 말고 길을 찾도록 해 줘야 한다.

부모는 자녀에게 믿음,

그리고 루틴을 유지할 수 있는 심적 편안함을 제공하면 된다.

자녀에게 잔소리할 시간이 있다면

그 시간에 자녀의 꿈을 꿔라.

내 자녀가 위대한 사람이 되는 꿈

그것만으로도 자녀에게 대함이 달라진다.

자녀 또한 그런 부모를 보면서

나를 어떻게 생각하고 있는지를 분명히 알게 된다.

주인공은 나야, 나!

이루고 싶은 절실한 것이 있다면
사랑하듯 대하라.

열 번 찍어 안 넘어가는 나무 없다.

맞는 말이다.

누군가를 사랑하게 될 때 위 방법대로 하면 이루어진다.

물론 짝사랑으로 끝나는 경우도 있다.

하지만 짝사랑은 어쩌면 본인이 거기까지만

정해둔 사랑이었는지도 모른다.

구체적인 꿈을 꾸지 못하고,

내가 범접할 수 없는 사람이라고 단정 지어 버리거나

확신을 가지지 못한 꿈이었기 때문에 짝사랑이 되었을지도

모른다.

이제 짝사랑은 그만하고 사랑의 결실을 이루었으면 한다.

더 간절하고 애타고 설레도록 해야 한다.

이미 머릿속에는 그녀와 살 집까지 다 지어버렸다.

함께 정원을 거니는 상상을 수도 없이 했다.

부정적인 상상은 단 한 번도 없었다.

그런 꿈이었다면 결국엔 이루어질 수밖에 없다.

그만큼의 노력도 기울였기 때문이다.

비단 사랑뿐이겠는가?

다른 모든 일들도 마찬가지다.

하지만 사랑만큼 영혼까지 몰입시켜 꿈꿔보지 못했을 것이다.

사랑만큼 뜨겁고 대체 불가였던 적이 없었기 때문이다.

꿈꾸는 모든 일을 사랑으로 시작해야 한다.

'이 사람을 놓치면 평생 후회할 것이다.'라는 마음가짐으로

다가서야 한다.

나폴레온 힐은 생생하게 꿈꾸면 이루어진다고 했다.

그리고 그 꿈의 현실을 위해 시각화할 필요가 있다고 했다.

꿈에 대한 의심을 없애기 위해서다.

의심은 꿈에 다가섬을 머뭇거리게 하고,

의심의 시작은 나를 믿지 못함이다.

지금까지 이렇게 살아왔는데 내 삶이 획기적으로

바뀌어질 수 있겠느냐는 생각이 들어서다.

자꾸 살아온 삶을 떠올리고 과거로 회귀하려고 든다.

하지만 앞으로 어떻게 변할지는 아무도 모른다.

자신감을 가져야 한다.

꿈은 용기 있는 자가 다가설 수 있고,

항상 "할 수 있어."라고 되뇌어야 한다.

마지막 결정적인 순간까지 할 수 있다고 믿어야 한다.

"이 정도면 됐어. 만족해."라고 하면

마지막까지 주인공이 될 수 없다.

모든 자리의 주인공은 정해져 있는 것이 아니다.
사랑하고 용기 있게 끝까지 나아가는 자에게만
주인공의 자리가 주어진다.

작은 소중함

일 년 중 가장 좋은 날은 늘 오늘이다.

- 랄프 왈도 에머슨 -

지금 가장 소중히 여기고 있는 것은 무엇입니까?

이 질문에 대해 각자 나름대로 제시하는 것들이 있고,

저 또한 소중히 여기고 있는 것이 있습니다.

그것은 바로 하루를 살아가고 있는 일상입니다.

남들이 말하는 돈, 명예, 권력 또한 소중함이 될 수 있겠지만

아직까지 제가 가장 소중하게 여기는 것은 하루의 일상입니다.

시간이 지남에 따라 무엇으로 바뀔지는 모르지만

아직 마음속 깊이 나가갈 때 비로소 느끼는

소중히 여기는 시간과 풍경이 있습니다.

어제의 힘겨움과 좌절을 파란색의 투명함으로 씻어주는

이른 새벽 시간과 눈부시도록 비춰오는 햇살이 살며시

나의 피부에 스며들어 온기를 느끼게 해 주는 오후의 시간.

세상과 함께 나의 뺨에도 빨갛게 수줍음을 머금게 하는

황혼 녘,

그리고 하늘 위에 수놓은 별을 보고 있노라면

어느새 알퐁스 도데의 소설 《별》에 나오는

목동과 주인집 소녀가 함께 머물던 저녁입니다.

그리고 풍경에서도 소중함을 찾게 됩니다.

여름날 소나기 내리는 거리를 걷고 있을 때 보았던

빗방울 흐르는 커피숍 창가에 마주 앉아

부드러운 미소와 감미로운 대화를 나누는 연인의 모습과

내 방 창문을 열면 오렌지빛 따스함으로

밝혀주는 거리의 가로등.

밤새 눈이 내려 다음 날 아침 눈 쌓인 골목을 뛰어노는

짓궂은 꼬마들의 웃음소리,

다가오는 크리스마스 때 울려 퍼질 캐럴,

그리고 모두가 잠든 고요한 밤 책상 위에 커피 한 잔과

소설책 한 권,

귓가에 들려오는 차분한 클래식의 풍경입니다.

이렇게 소중함은 결코 멀리 떨어져 있는 것이 아닙니다.

다만 시간이 흐르고 나이를 먹어감에 따라

점점 잃어가게 되는 것입니다.

이제 다시 작은 소중함을 만들어 보는 건 어떨까요?
그리고 우리의 소중함이 완성되는 날
감사의 기도를 하게 될 것입니다.
우리가 세상에 묻힐 때까지 간직해 온
소중함을 잃지 않기를 바라며.

진

심

나를 희생할 수 있다는 마음이 들 때
비로소 그 사랑은 진심이라고 느낀다.

대학교 신입생이었던 동준은 첫 강의 시간부터 긴장했다.

초등학교 이후로 처음 여학생들과 같은 공간에서

수업을 듣게 되었기 때문이다.

정면만 주시한 채 망부석처럼 앉아 수업을 듣다가

순간 펜이 바닥에 떨어지는 소리가 들렸다.

펜은 떼구루루 굴러 동준의 발 옆에 멈췄다.

동준은 펜을 보고는 주위를 살폈다.

옆자리의 여학생이 떨어뜨린 것이었다.

머쓱해하며 펜을 주워 여학생에게 주었다.

여학생은 살며시 목례하며 고맙다는 미소를 지었다.

순간 동준은 그 미소에 매료되었고, 첫눈에 호감을 느꼈다.

강의가 끝나자 그 여학생이 말을 걸어왔다.

"아까 펜 주워줘서 고마워."

동준은 머리를 긁적이며

"아~ 뭘…."

여학생은 그런 동준을 귀엽게 바라보며

"네 이름이 동준이지? 난 진희라고 해."

동준은 자신의 이름을 불러준 진희에게 놀라며 물었다.

"내 이름을 어떻게 알았어?"

"아까 교수님이 출석 불렀잖아."

동준은 마치 새로운 사실을 깨닫게 되었다는 표정으로
"아~ 그렇네."
진희는 동준의 순진한 모습이 마음에 들었다.
동준도 진희가 마음에 들었지만 표현하지 못하고
늘 주위를 맴돌기만 했다.
그렇게 시간이 흘러 학과 첫 MT를 가게 되었다.

모두가 들떠 있었고, 장기자랑과 게임을 하며
웃음과 환호성이 떠나지 않았다.
이윽고 해가 저물고 술자리가 시작되었다.
모두 취기가 오르자
취중진담 고백을 하는 선배.
나라 잃은 설움이라도 느낀 듯 대성통곡을 하는 여학생.
했던 말 또 하는 동기. 방구석에 누워 잠이 들어버린 후배.
술버릇 전시회를 보는 듯 각양각색이었다.
동준은 자리를 옮겨가며 술을 마시다가
진희가 속한 무리에 들어가게 되었다.

수줍게 숨겨둔 마음을 술잔에 담아 진희에게 건네며
언젠가 동네에서 너를 본 것 같다는 질문과
내일이면 기억나지 않을 대화만 주고받다가
결국에는 고백하지 못하고 잠들어 버렸다.

얼마나 시간이 흘렀을까?
동준은 잠결에 옆에서 흐느끼는 소리와
걱정스러운 목소리로 하는 말을 들었다.
"진희가 심하게 체했나 보네."
"계속 등을 좀 두드려줘야겠어. 여기 약국도 없을 텐데."
"벽 쪽에 눕히는 게 좋겠는데. 거기 누가 자고 있지?
"동준인 거 같은데?"
그 얘기를 들은 동준은 스르르 자리에서 일어났다.
미선은 그런 동준을 보며
"동준아! 안 잤어?"
"자다가 깼어. 괜찮으니까 여기에 진희 눕혀."
진희는 계속 흐느끼고 있었다.
미선은 진희를 눕히고는 토닥이며
"동준아! 고마워. 마땅히 누울 공간이 없을 텐데."

"아니야. 잠깐 나가서 바다 좀 보고 올게."

"밖에 비 오는 것 같던데."

"그냥 잠깐 나갔다가 오려고."

동준은 방문을 열고 밖으로 나가보니 비가 제법 오고 있었다.
우산을 찾으려고 주변을 둘러봤지만 없었다.

그렇게 한참의 시간이 지나고 비에 흠뻑 젖은 동준은 어깨를 축
늘어뜨리고는 방 한곳으로 들어가 다시 잠이 들었다.

다음 날 아침 미선은 비에 흠뻑 젖어서 잠들어 있는
동준을 깨우며 놀란 목소리로 물었다.

"어제 어디 갔었어? 비 다 맞았네. 너 손은 왜 그래?
피가 나."

동준은 부스스 잠에서 깨 미선에게 물었다.

"진희는 괜찮아?"

"응, 다행히 괜찮아졌어. 근데 지금 네 상태가 더 안 좋아."

미선이 말은 듣는 둥 마는 둥 하며 건너편 방에 앉아 있는
진희를 보고는 안도해하며 웃음을 지었다.

지금은 10년도 더 지난 이야기가 되었지만,
그날 밤 동준의 행적을 아는 이는 아무도 없었다.
동준은 거센 비가 오던 그날 밤 자정이 넘은 시간에
우산도 없이 숙소 주변 마을과 거리를 헤매고 다녔다.
비바람을 맞으며 한 번도 와 본 적 없는 낯설고
어두컴컴한 곳에서 오랜 시간 동안 무언가를 찾고 있었다.

거대한 파도 소리에도 두려움을 잊은 채
아픈 진희를 위해 약국을 찾고 있었던 것이다.
하지만 약국을 찾는다고 해도 그 시간에 문을 연 곳이
없었겠지만, 희생은 모든 가능성을 열어 둔다.

기어코 불 꺼진 약국 간판을 찾았다.
동준은 그곳으로 달려가 문을 두드렸다.
파도 소리보다 더 크게 두드려야만 문이 열릴 것만 같았다.
점점 더 세게 두드리다 보니 이내 손은 터져 피가 흘렀고,
굳게 닫힌 문은 고백하지 못한 자신의 답답한 마음과
진희의 아픔을 치유하지 못한 통증이 서려 있었다.
끝내 문은 열리지 않았고,
피 묻은 손을 움켜쥐고는 돌아서야만 했다.

그렇게 동준의 스무 살 첫사랑은 먼발치에서 아픔을 안은 채 막을 내렸다.

누군가는 풋내 나는 바보 같은 사랑이라고 말하지만,

사랑하는 사람에게 향하는 희생은 그것만으로도 값진 것이다.

그리고 동준에게도 더 이상은 아픔이 아닌 진희를 간절히 사랑했었다는 진심과 따뜻함으로 남아 있을 것이다.

chapter 2

동일하게
그렇다고
느껴지다

고정된 관점의 지양

잠깐 눈을 감고 마음의 눈을 뜨면
보이지 않던 또 다른 관점이 보인다.
마음의 눈을 뜨고 있다면 논쟁할 것도 줄어든다.

운전을 하다 보면 앞차만 보고 달릴 수밖에 없다.

보이는 것이 그게 다니까.

그래서 보이는 것만 믿고 모든 원인과 이유를 찾게 된다.

추월 차로임에도 앞차가 서행하고 있으면 짜증이 난다.

비켜 가기 위해 옆 차로로 이동했을 때 비로소 앞차만

서행하고 있던 게 아니었음을 알게 된다.

순간 앞차에 짜증을 냈던 내가 무색해져 버린다.

또 다른 이유도 찾자면

앞차의 운전자가 초보일 수도 있고,

고속도로에서 최저 속도로 달리는 것이

평소 운전 습관일 수도 있으며,

운전자의 연세가 많아서일 수도 있다.

보이지 않던 관점과 모든 가능성을 열어 놓으면 이해가 된다.

누가 짜증 내라고 한 적 없고,

그렇다고 일부러 짜증 나게 하지도 않았다.

헤아리면 헤아려진다.

여유롭게 웃을 수 있는 삶은 스스로가 만들어 갈 수 있다.

관점을 시선 안에 가두지 말고

마음으로까지 넓힐 수 있다면….

어떤 감정이든 순간적으로 휩싸이면

당분간 지속해서 머물러 있다.

갑자기 웃음을 멈추고 인상을 찌푸릴 수 없다.

화가 나 있음에도 바로 웃을 수 없다.

기쁨을 느낄 때 생성되는 엔도르핀이나,

화를 내거나 긴장할 때 분비되는 노르에피네프린을

마음대로 조절할 수 없는 이유다.

그렇다면 그냥 나쁜 기분을 인정하자.

이미 노르에피네프린이 분비되었다.

좀 기다려야 한다.

나쁜 감정을 안고 싸우는 것보다

사라질 때까지 잠시 옆에 둔다고 생각하자.

나쁜 감정 상태에서 이야기하다 보면

처음에는 본질을 이야기하다가 결국엔 본질을 벗어나게 된다.

서서히 더 나쁜 감정의 해일이 밀려오기 때문이다.

해일 속에 들어가게 되면 좀처럼 나오기가 쉽지 않다.

나쁜 감정 속에 사로잡혀 답도 없는 명제를 갖고 논쟁하고,

내 안에 파도만 잠재우려 하다 보니

상대방의 감정에도 파도가 일고 있다는 것을 알지 못한다.

타인과의 관계에서 가끔씩 말과 행동을 통해

나쁜 감정이 순식간에 밀려들어 오기도 한다.

감정의 소용돌이에 들어가게 되면 눈조차 뜰 수가 없다.

눈앞은 보이지도 않는다.

그렇게 감정을 부여잡고 있는 어리석은 내가 있다.

하지만 갑자기 그 감정을 눈 녹듯 사라지게 하기란

쉽지 않다.

그렇다고 그냥 참자니 암에 걸릴 것 같다.

애써 감정을 쥐고 있기보다 좋아하는 일을 하면서
시간을 보내면 그렇게 기분 나쁜 일이 아니었다는
생각이 들기도 한다.

세상에는 감정적으로 나를 죽이려고 덤벼드는 사람은 없다.
내 감정이 상할 수 있는 포인트를
상대방이 모르는 경우가 대부분이다.

어쩌면 마주 보는 동안에도
서로 다른 생각을 하고 있는지도 모른다.
시간이 지나면 내 감정에 대해
차분히 웃으며 말할 수 있는 여유가 생긴다.
그렇게 말함으로써 충분히 내 기분이 언짢았다는 것을
알게 해 줄 수 있다.

일그러져 있던 우리의 표정을 되찾을 수 있고,
내 마음을 상하게 했던 상대방에게
나쁜 감정 그대로 대함이 아니라 편안하게 대할 수 있다.

감정이 격한 상태에서 말을 하게 되면
그때부터는 내 잘못이 되어버린다.
시간이 지나고 좋은 말로 대했을 때 비로소 호소력이 생기고,
상대방도 충분히 이해하고 공감하게 된다.
그럼으로써 밀려오는 해일에서 벗어날 수 있다.

엔도르핀이 노르에피네프린을 지배하는 순간이 온다.

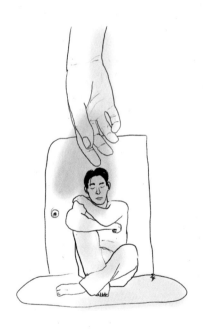

무
례
함
의

대
처

참거나 피하기보다
극복할 수 있는 대화.

살다 보면 나에게 무례하게 대하는 사람이 있다.

그런 사람을 상대하게 되면 족히 당황스럽고

스트레스를 받게 된다.

"내가 만만한가."라는 생각을 하게 된다.

피할 수 있다면 피하면 되겠지만, 같은 학교나 직장에 있든지

혹은 가정 안에 있다면 계속 같이 일상을 영위해 가야 한다.

"그냥 참고 넘어가면 되겠지."라고 자신을 위로하기도 한다.

하지만 계속 참으며 살기에는

상대방의 무례함이 나아지지 않는다.

애석하게도 무례한 사람은 누군가에게

무례하게 대하고 있다는 사실을 모를 수도 있다.

살아온 삶의 방식이 다르기 때문이다.

언행이 갑자기 새롭게 습득되거나 바뀌지 않는다.

그 사람에게 화를 내면 회복되기 어려울 만큼

관계가 틀어질 수 있다.

또한 화를 내는 내가 예민한 사람으로 비칠 수도 있다.

"이런 건 고쳤으면 해."라고 직접적으로 얘기해 줄 수도

있지만, 선배나 윗사람이라면 그것도 어려운 일이다.

그럼에도 날선 감정을 억누르고 대화를 시도해야 한다.

무겁지 않게 대화를 이끌어 가면서
상대방에게 내가 느끼는 감정을 느낄 수 있도록 해야 한다.
물론 누군가에게 나의 감정을 공감할 수 있게 하는 것은
결코 쉬운 일이 아니다.

나의 감정을 알리는 동안 상대방이 지적이라고 느끼거나
공감하지 못하면 되레 알리지 않는 것이
앞으로의 관계에 있어서 나을 수도 있다.
어떻게 이야기할지가 가장 중요하다.

상대방이 "그럴 수 있겠구나."하며
나의 입장을 이해해 줄 수 있어야 한다.
"네가 이래서 내가 기분이 나빠."가 아닌,
"네가 이렇게 하면 다른 누군가도 똑같이 기분 나쁘게
느낄 수 있으니까 얘기해 주는 거야."라고 한다면
공감할 수 있는 대중적인 입장이 된다.

대중적인 입장을 이야기할 때 비로소 상대방은
자신의 무례함을 돌아보게 된다.

또 하나의 방법은 칭찬을 해 주는 것이다.

칭찬으로 내가 원하는 너를 만든다.

상대방이 무례하게 말을 하거나 무시한다면

칭찬으로 포장한다.

"넌 겉으론 어떨지 몰라도 속은 상대방을 존중할 줄 알고,

배려하는 것 같아."라며 너의 장점을 알고 있다는 듯

칭찬을 해 준다.

그때부터 상대방은 칭찬의 말에 각인되어

내게 좋은 사람으로 보이기 위한 노력을 한다.

칭찬에 대한 기대치를 맞추려고 하기 때문이다.

그래서 《칭찬은 고래도 춤추게 한다》는 책의 제목도 있다.

누구나 내면에는 타인에게 좋은 모습으로 보이고 싶어 하는

마음이 있다.

그 내면은 나를 알아주는 사람에게만 내어 보인다.

무례한 사람일지라도 사람마다 대함이 다른 이유다.

흔

추억은 너를 따뜻하게 해주지만,
또한 너의 마음을 찢어놓지.

- 무라카미 하루키 -

적

헤어진 후에 남은 흔적에 대해

남녀가 대하는 방법은 다르다.

남자는 흔적을 남겨두려 하고,

여자는 흔적을 지우려고 한다.

남자는 흔적을 그리워 할 만큼 철없는

어리석은 사랑을 했고,

여자는 흔적이 그립지 않을 만큼 헌신적이지만

바보 같은 사랑을 했다.

그래서

남자는 가끔 흔적이 보이면 추억하고,

여자는 순간 흔적이 보이면 외면한다.

보다 더 입체화해서 들여다보기

‘사람을 사귀는 일에서
급하게 서두르면 관계가 소원해진다.’

[논어 4편 ‘이인’ 중에서]

"사람을 잘 본다." "너를 잘 안다."라고 하면
그때부터 내 안에 고정화된다. 바뀔 여력이 없다.

하지만 내가 알고 있는 것과는 완전히 다를 수 있다.
더 알기 위해서는 객관적으로 입체화해야 한다.
사람의 본질은 끝없이 알 수 없는 물음표다.
단면만 봐서는 알 수 없다.
점으로부터 시작해서 선과 면까지 면밀히 봐야 한다.

《단어의 관점》에서 난 이렇게 정의했다.

소음

상대방을 직접 보고, 듣고, 겪어보기 전까지
그에 대한 혹평과 호평은 소음일 뿐이다.
누군가의 입으로 전해진 얘기들은
전하는 이들의 고정화된 형상이다.
상대방은 사람에 따라 혹은 상황에 따라 달라진다.
혹평을 들었다고 해서 경계할 필요가 없고,
호평을 들었다고 해서 기대할 필요도 없다.
오히려 내가 상대방을 어떻게 대하느냐가
상대방이 내게 어떤 사람이 되는지를 결정한다.

싫은 사람도 내가 만들고, 좋은 사람도 내가 만든다.
좋게 보려고 하면 단점이 보이지 않고
모든 것이 좋게만 보인다.
반대로 나쁘게 보려고 하면 장점은 보이지 않고
오직 나쁜 것만 보인다.
내 안에 흑백논리로 가득 차게 되면,
호인과 악인을 구분하지 못한다.
과거 왕들 중에서도 간신의 농간에 놀아난 왕이 있었던 반면,
건국에 반대했던 신하였음에도 충신임을 알아보고
그를 등용해서 많은 업적을 남겼던 왕도 있었다.

감언이설로 다가올 때는 의도가 무엇인지 파악해서
그릇된 일이라면 과감히 멀리해야 하고,
타협 없이 등을 돌린다고 해도 그것이 옳은 일이라면
너그럽게 설득하며 함께 가야 한다.
고정화된 이미지로 사람을 배척하거나 의지해서도 안 되고,
흔들려서도 안 된다.

기업에서 가장 중요한 것은 인재를 채용하는 일이다.
이는 기업의 성장과 미래와 직결된다.
개인도 마찬가지다.

인생에서 주변 사람을 잘 보는 것이
자신의 성장과 미래를 결정지을 수 있다.
그렇다고 사람을 처음부터
가려서 만나야 한다는 것은 아니다.

사람에 대해 처음부터 모든 것을 다 알 수 없거니와
안목이 없는 상태에서 자칫 귀인을 놓칠 수도 있기 때문이다.
시간을 두고 입체화해서 면밀히 보고
함께할지, 멀리할지를 결정하면 된다.

어쩔티비 저쩔티비

거센 파도 같은 창의와 도전
잔잔한 호수 같은 지혜와 통찰력의 조화.

같이 근무했던 선배가 색깔을 가지라고 했다.

처음에는 그 의미를 이해하지 못했다.

당시에는 선배 스타일을 닮으라는 얘기로 들렸다.

내가 느끼기에 다름을 인정하지 않고 다양성을 수용하지

못하는 전형적인 꼰대라는 생각이 들었다.

귓등으로 듣고 흘렸다. 어쩔티비. 저쩔티비.

하지만 시간이 지나고 내가 선배의 위치가 되었을 때

그 당시 나의 다름을 인정해 달라고만 하고

선배의 다름은 부정했는지도 모른다.

아무 이유 없이 꼰대라고 단정 짓고 말았다.

꼰대는 젊은 세대가 만들어 낸 은어다.

마치 기성세대가 하는 말과 행동들이

그 단어 하나로 잘못되었다는 느낌을 준다.

그로 인해 기성세대들은 옛것으로 여겨지는 불안감에

꼰대가 되지 말아야지라고 다짐하게 된다.

꼰대라는 단어 하나로 젊은 세대들의 의문의 1승이 되었다.

하지만 분명히 해야 할 것은
오로지 꼰대라는 소리를 듣지 않기 위해 이리저리 눈치 보며
그냥 물 흘러가듯 한다면 그 조직은 기준 항로도 없이
방향을 잃고 뿔뿔이 흩어지고 말 것이다.

많은 경험을 토대로 목표를 제시하고,
한 방향으로 모으고 집중하도록 독려해야 한다.

대신 젊은 세대의 방식을 인정하고 개성을 존중해 준다면
꼰대라는 소리는 피할 수 있다.

기성세대가 아무리 구닥다리라고 해도 오랫동안 갈고 닦은
노하우는 무시할 수 없다. 조직에서의 연륜이 있기 때문이다.

사회 초년생에게 직장이라는 조직 안에서 기본기 없이
창의적인 것만 그리게 한다면
밤바다에 등대 없는 항해에 불과하다.
그럴 때 오랜 항해를 해 왔던 기성세대가
등대가 되어 주어야 한다.

언어적 비호감

언어는 들리는 거울이다

누군가와 대화하다 보면 불편해지거나
때로는 그것을 넘어서 불쾌해지기도 한다.
왜일까?
그 대화 안에는 언어적 비호감이 들어있기 때문이다.
분명히 그 안에는
너에 대한 지적,
내 생각의 단정,
때로는 말꼬리를 잡거나 거친 단어를 포함한다.

지적하기 전에
나는 단점이 없는 사람인가?
너는 장점이 없는 사람인가?
아니면 지적이 아닌 조언이 더 괜찮지 않을까?

단정 짓기 전에
전혀 오해가 없는 상태인가?
그 사람이 내 단정의 범위에 머물러 있기를 바라는가?
발전 가능성이 전혀 없는 사람인가?

말꼬리를 잡기 전에

내가 하는 말과 경청의 시간은 동등한가?

내 말을 들어주길 바라는 만큼 너의 말을 듣고 있는가?

나이가 많건 적건

지위가 높건 낮건

대화하는 동안 나의 이미지를 만든다.

대체로 누군가에 대한 이미지는

그가 사용하는 언어에서 나온다.

호감과 비호감은 사용하는 언어 안에 지적과 단정,

무례함이 포함되었는가에 좌우되는 경향이 많다.

언어에 이해와 배려, 예의와 존중이 있다면

그 사람은 호감형이 될 것이다.

말에서 운명이 좌우된다고 한다.

그만큼 사용하는 언어는 그 사람의 성격을 만들고, 성격은

습관을 만들고, 습관은 계속 이어져 그 사람의 미래를 만든다.

또한 언어로써 좋은 사람들을 주위에 둘 수 있다.
가만히 살펴보면 내가 사용하는 언어만큼이나
비슷한 언어를 사용하는 사람들이 주위에 모인다.
좋은 언어를 사용할 때 좋은 사람들이 주위에 생겨난다.

결국 내가 사용하는 언어를 통해서
나의 삶이 호감형이 될 수도 비호감형이 될 수도 있다.

예의와 무례의 차이

세상에 그 어떤 누구도 무례함을 수용하지 않기에
무례하게 대해서는 안 된다.

예의와 무례는 완전히 상반된 의미로 느껴진다.

하지만 의외로 이 둘의 관계는 뗄 수 없을 만큼 매우 가깝다.

예의와 무례를 같이 놓고 생각해보면,

예의는 초면이거나 친하지 않음 혹은 무거움이라고 여긴다.

반면 무례는 구면에 굉장히 친밀하고 가벼움으로 여긴다.

하지만 오해와 언쟁이 생길 가능성은 예의보다 무례가 크다.

여러 친구 중에서 예의를 지키는 친구와의 만남에서

항상 평온하고 좋은 기운을 받게 된다.

선배나 후배도 마찬가지다.

타인이 받아들이기에 예의는 수용하는 대상에 제한이 없으며,

좋은 인상을 심어주지만

무례는 수용 대상이 좁고, 대체로 불쾌감을 주게 된다.

예의는 긍정을 인풋하고 친절을 아웃풋하게 하지만,

무례는 부정을 인풋하고 배척을 아웃풋하게 한다.

무례한 사람은 의외로 겁이 많다.
누군가가 나를 업신여기거나
하찮게 대할까 봐 두려운 것이다.

내적인 평온과 강함이 부족해서다.
그 수단을 무례함으로 표현한다.
나를 함부로 대하지 못할 거로 생각할지 모르겠지만,

주변 사람들은 멀리하고 인격적인 평가는 절하되며,
스스로에 대한 방어 기질만 커지게 만든다.
이처럼 무례함을 외적인 강함으로 활용하면

결국에는 성숙하지 못한 내면으로 비치게 된다.
그것은 무례한 사람을 바라보는 모두가 느끼는 공통점이다.

우
울
증

나를 좀 먹으려는 우울증을
전환하는 것은 공격적인 일상을 사는 것.

어느 날 갑자기 우울한 기운이 밀려오는 순간이 있다.
주체할 수 없다. 그런 기분은 갑작스럽다.
맞이할 준비가 되어 있지 않은 감정이기에
어디서부터 어떻게 풀어 가야 할지,
어떻게 대해야 할지 추스르기조차 힘들다.
언젠가 우울증에 대해서 이렇게 쓴 적이 있다.

우울증도 지나가는 감정의 일부다.
하루 동안 느끼는 감정은 수도 없이 많다.
좋았다가 나빴다가 웃다가 화내다가
기쁘다가도 슬프기도 하고,
그렇게 감정은 한없이 교차하며 지나가다가
하나의 감정이 당분간 머무를 때가 있다.
만일 우울함이 머무르게 되면
얼른 다른 감정이 오도록 해야 한다.
같은 시간 동안 느끼는 감정 중에 우울함은
수용과 방어 능력이 가장 떨어지기 때문에
다른 감정으로 대체해 지나쳐야 한다.

「정재기 《단어의 관점》 중에서」

모두가 다 아는 사실이지만 우리나라는 OECD 국가 중에서
자살률이 높은 국가다.
자살의 대표적인 원인이 우울증이라는 것도 알고 있다.
그렇다면 왜 우울증이 생기는 걸까?

난 심리학 전공자도 아니고, 정신과 의사도 아니다.
당연히 원인을 알지 못한다.
전문 지식이 없는 개인이 고민하고, 생각하고,
알기 위해 노력할 뿐이다.
그렇게 공감을 만들어 가고 싶다.

우울한 감정은 왜 생기는 것일까? 모른다.
생기는 걸 어찌하겠는가?
막아낼 수 없다면 다른 것으로 희석하고 잊어야 한다.
희석하고 잊기 위해서는
나를 쓸모 있고 필요한 사람으로 만들어야 한다.
그리고 목표가 있어야 한다.
매일매일 목표를 위해 할 일을 찾아야 한다.
어떤 목표라도 상관없다.

우울증에 지배당하지 않기 위해서는
퍼즐을 맞추든, 십자수를 짜든, 서점에 가서 책을 구입해 읽든
그 무엇이건 간에 할 일을 찾아서 해야 한다.
그래야만 내가 살아가야 할 이유가 생긴다.

내가 할 수 있는 그 어떤 작은 일이라도 잡고 있으면
이내 우울한 감정은 비껴간다.

제안과 강요

사람을 위하는 것은
그 사람을 편안하게 해 주는 것.

어느 날 친한 동생에게 산행을 제안했다.

그러자 동생은 "싫어요. 형. 휴일 아침부터 무슨 산이야.

노친네."라고 대답했다.

난 웃으며 다시 한번 제안했다.

평소에도 장난기 많던 동생은 피식 웃으며

"형. 산에 올라가면 다시 내려올 거잖아요."

"응. 정상에 오르면 경치가 너무 좋아."

"산 정상에 계속 있을 긴 아니잖아요."

"경치 보고 내려와야지."

"그러니까요. 어차피 내려올 건데 왜 올라가요?"

난 멋쩍게 웃었고, 동생은 결국 몇 번의 제안에 못 이겨

산행에 응했다.

같이 산행하고자 함은 정상에 오르는 것만이 목적이 아닌,

자연 안에서 복잡한 일상을 잠시 잊으며 잡념을 없애고,

생각을 정리할 수 있는 방법을 알려주기 위함이었다.

하지만 결국 중도에 하산하였고,

함께 걷는 동안 내가 느끼는 것들을

같이 느끼지 못했을 것이라는 아쉬움이 들었다.

되레 산행에 대한 거부감이 들었을지도 모르겠다.

이 모든 것이 강요되었기 때문이다.

제안에 대한 승낙은 상대방도 관심과 의지가 있다는 것이다.

하지만 강요에 대한 승낙은 관심과 의지가 없는 일이 되고 만다.

제안은 능동을 이끌지만, 강요는 수동을 이끈다.

제안의 승낙은 시너지 효과를 만들지만,

강요의 승낙은 링겔만 효과를 만든다.

강요는 상대방이 불편을 감수하는 것이다.

과거에는 한 번 제안하면 예의상 거절했다가

다시 여러 차례 제안하면 마지못해 받아들였다.

하지만 요즘 세대들은 의사표시가 명확하다.

한번 '노'라고 말하면 그렇게 받아들이면 된다.

그게 진심이기 때문이다.

몇 번의 제안이 강요가 되었을 때 상대방이 망설이다가

마지못해 '예스'라고 한다고 완전한 '예스'가 아니다.

강요한 사람이 생각하는 만큼 그 사람과의 유쾌한 일이거나
의미 있는 시간이 될 수 없다. 서로에게 마이너스다.

일반적으로 누군가의 강요에 대한 처세로
거절은 이렇게 하라 혹은 저렇게 하라고 조언한다.

하지만 사람마다 맺고 있는 관계가 다르고,
생각과 성향이 각양각색인데, 거절함에 있어
천편일률적인 공식을 대입하기에는 제한이 있다고 본다.
오히려 부탁하는 입장에서
상대방이 흔쾌히 승낙하지 않으면
강요가 아닌 제안에서 끝내야 한다.
누군가에게 강요의 불편함을 주어서는 안 된다.

최선의 침묵

그 순간만큼은…

연인끼리 때로는 말로써 상처를 준다.
외면하고 무시하기도 한다.
그러다가 사랑한다고 하고, 보고 싶다고도 말한다.

난 어디서부터 잘못된 걸까?

너의 모든 것은 이유가 있어서다.
네가 하는 미운 말에 대뜸 화낼 필요 없고,
사랑한다는 말에 다 나아졌다고 생각해서는 안 된다.

나의 반복되는 단점에 힘들어하고,
채워주지 못한 마음에 공허해하며,
너는 내면의 갈등에 혼란스러워하고 있다.
때론 내가 준 상처를 치유하기 위해 안간힘을 쓰고 있다.

그럴 때 너에게 논리적인 이유를 찾기보다
최선의 선택은 침묵하고 인정하는 것.

나의 해명은 모순이 되고,

나의 부정은 오해가 되며,

나의 분노는 그동안 모든 것들에 대한 위선이 된다.

애써 너에게 아니었다고, 오해였다고,

도대체 왜 그러냐고 말하는 것은

나만이 아는 것, 그리고 나에게서만 맴도는 말일 뿐.

결국엔 네게 더한 상처의 흠집을 내는 것이기에

지금 해야 할 것은 담담하게 듣는 것이다.

그리고 설움에 북받쳐 흐르는 눈물을 보게 된다면

먹먹해 오는 마음으로 헤아리는 것.

그때는 말 한마디, 눈물 한 방울조차 놓쳐서는 안 된다.

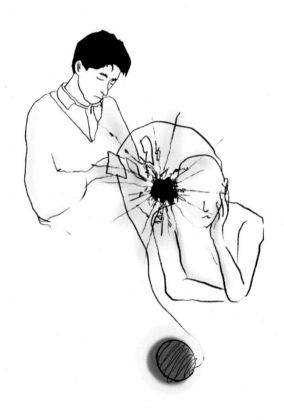

결국엔 네게 더한 상처의 흠집을 내는 것이기에
지금 해야 할 것은 담담하게 듣는 것이다.
그리고 설움에 북받쳐 흐르는 눈물을 보게 된다면
먹먹해 오는 마음으로 헤아리는 것.

타임 패러독스

과거보다 현재에 집중하면
미래는 새롭게 창조될 수 있다.

만일 타임머신이 있다면
과거로 돌아가 모든 선택을 최선의 선택으로
돌려놓았을 테고,
미래로 넘어가 앞으로 선택해야 할 것들을 미리 확인해서
현재로 돌아와 준비할 것이다.

하지만 타임머신은 없을뿐더러 과거와 미래를
마음대로 바꾸게 되면 다임 패러독스에 직면하게 된다.

잠깐 타임 패러독스를 설명하자면,
시간여행을 통해 과거로 돌아가 만일 할아버지를 죽이면
나의 아버지, 그리고 나 또한 없어지는 오류가 생긴다.
이처럼 극단적인 사건을 만드는 것이 아니라도
과거로 가서 땅을 밟는 사실만으로도
인과관계에 영향을 끼치는 오류가 발생할 수 있다.

미래도 마찬가지다.

가까운 미래로 가서 로또 번호를 확인하고 돌아와

번호를 입력한다.

그리고 입력된 로또를 손에 들고 당첨 결과를 기다린다.

로또 당첨번호가 발표되면

번호를 입력했던 순간은 과거가 된다.

과거의 사건을 미래로 가서 바꾸게 된 셈이다.

인과관계에 문제가 생기는 오류가 발생할 수 있다.

결국 이도 저도 안 된다면 현재에 집중해 보자.

우리의 삶에서 지나간 과거는 중요하지 않다.

앞으로 다가올 미래가 중요하다.

지금 이 순간, 미래에 긍정적인 방향을 제시할 수 있는

노력을 해 나가는 것이다.

목표는 곧 미래이고, 실천은 현재에 변화를 주는 것이다.

목표라는 미래를 미리 정해놓고 실천해 간다면
현재의 변화와 전환을 통해서 원하는
미래를 만들어 갈 수 있다.

어제라는 과거와 같이 오늘이라는 현재를 똑같이 살아간다면
내일이라는 미래 또한 똑같아질 것이고,
우리는 그 시간과 공간의 차원 안에 갇히게 된다.

차원을 넘어서야지만 우리의 시간과 공간은 바뀐다.
차원을 넘어서기 위한 유일한 방법은
현재를 바꾸어 나가는 것이다.
나비효과처럼 내가 지금 할 수 있는 작은 것부터
바꾸어 나가야 한다.

그렇게 조금씩 현재를 바꾸는 것만이
시간의 진행과정 속에서 타임 패러독스로부터
자유롭게 미래를 바꾸고,
결국엔 오늘의 현재가 내일의 과거가 되어
과거마저도 바뀌어져 있게 되는 것이다.

그럼에도 우리는 과거를 생각하며 후회를,
미래를 생각하며 허황된 바람을 꿈꾸고 있는지도 모른다.
이 모든 생각들은 과정이 없기에
타임 패러독스에 놓이게 된다.
아무리 사소한 것이어도 과정이 없다면 인과관계를
위배한다는 문제가 발생하기 때문이다.

지금 실천할 수 없는 생각들은 현실을 도피하기 위한
망상의 타임머신일 뿐이다.

목표는 곧 미래이고,
실천은 현재에 변화를 주는 것이다.

chapter 3

사리를
분별하여
해석함

경청의 언어

성인(聖人)이 아니고서야
경청이 먼저가 아닌,
말로써는
상대방에게 감동도, 교훈도, 깨달음도 주지 못한다.
그저 소인(小人)의 울림일 뿐이다.

-논어-

큰일이다. 위기감을 느꼈다.

말이 많아졌다. 특히 술자리에서는 말을 더 많이 하려고 한다.

간혹 중간에 말을 끊기도 했다.

술이 깨면 과음한 것을 후회하기보다

'왜 그렇게 쓸데없는 소리를 많이 했지.'라는 후회가 든다.

상대방의 말을 끝까지 듣고 내 생각을 정리하기도 전에

말이 앞선다.

말을 잘 듣고 공감하면 사람을 이해하게 되고,

상대방 입장에 들어가 보면 비로소 대화가 된다.

하지만 말에 욕심이 생기면 자꾸 내가 옳다고만

이야기하게 되고, 듣는 사람도 피곤해진다.

경청이라는 단어를 다시 마음속에 새긴다.

말이 많은 것에 대해 홍정욱은 《에세이 50》에서 이렇게 정의한다.

"나의 말을 반으로 줄이는 절제와
남의 말을 끊지 않는 인내를 갖추면
실수가 없다."

말이 많으면 언쟁이 생긴다.
언쟁이 시작되면 말뿐만 아니라
생각까지 내 것만 정신없이 쏟아낸다.

그러다가 쏟아낼 게 없어지면 침묵으로 일관한다.
그 침묵은 듣기 위한 침묵이 아닌,
내가 듣고 싶은 말을 해달라는 침묵이 된다.
결국 침묵 속에서도 나의 말을 계속하고 있는 것이다.

말이 많아지는 이유 중의 하나는 상대방을 가르치려 하거나
잘못되었다고 지적을 하기 때문이다.
그런 말은 누구나 잘 안 듣게 된다.
듣고 싶은 말이 아니기 때문이다.
그리고 많은 말에는 오해도 묻어 있다.
상대방은 이를 바로 잡기 위해 부정하게 된다.
그 부정을 반박하기 위해 다시 말은 눈덩이처럼 불어나게 된다.

그럴 때 우리는 경청의 언어를 사용해야 한다.
너의 말을 잘 듣고 있다고 말해 주어야 한다.
그럼으로써 알코올의 지배를 받는 순간에도, 갈등이 시작되는
시간에도 무의식적으로 혹은 습관적으로 경청을 할 수 있다.

꿈
&
운

노력한다는 것은
이룰 수 있는 꿈을 꾸고 있는 것이고,
상상만 하고 있다는 것은
허황된 운을 바라고 있는 것이다.

코로나 시대. 주식과 가상화폐가 열풍이었다.

주식의 오르는 종목과 급등하는 가상화폐의

특정 코인이 매일 기사화되었다.

삼전(삼성전자의 줄임말) 주식과 비트코인을 모르는 사람이 없다.

이미 투자하고 있거나 이제 막 투자를 시작한

주린이(주식 어린이), 코린이(코인 어린이)들은 꿈을 꾼다.

주식과 코인으로 대박을 터트리는 꿈이다.

하지만 현실은 다르다.

주식과 코인으로 대박이 났다는 이야기보다

손해를 보거나 망했다는 이야기를 더 많이 들었다.

그렇다면 투자에 실패한 당신은 어디서부터 잘못된 것일까?

꿈은 기적과도 같아서 꿈꾸면 정말 이루어진다.

하지만 요행을 바라는 꿈은 그저 허황된 꿈이다.

세상에는 오로지 운으로만 성공한 사람은 없다.

만일 로또 1등이 꿈꾸는 목표라고 가정했을 때

당신에게 타고난 운이 없다면

죽는 날까지 당첨될 가능성은 없다.

주식과 가상화폐도 마찬가지다.

기고 나는 분석가들이 있지만,

모든 투자자에게 성공을 가져다줄 수 없다.

분석이라는 노력과 의지를 불어넣지만, 그 꿈 자체가

불확실성의 요소가 너무 많기 때문이다.

살면서 이런 얘기를 한 번쯤은 자신에게 뱉는다.

난 왜 안 되는 걸까?

꿈을 구체화하지 않았기 때문이기도 하겠지만,

너무 허황된 꿈이었을지도 모른다.

공부를 하지 않았음에도 성적이 잘 나오기를 기대한다거나

수회의 탈고 과정도 없이 그저 초고 상태로

베스트셀러를 기대하는 작가 지망생이 그럴 것이다.

한 번에 잘 찍고, 한 번으로 잘 쓰였기를 기대하는 건

그저 운이 좋기를 바랄 뿐이다.

주식과 가상화폐 투자도 그저 잘 찍어서

대박이 터지기를 바랐을지도 모른다.

그렇게 어차피 운에 맡긴 꿈이었다면 대박이든, 쪽박이든
그저 운이었다고 생각하면 된다.

운은 과거의 후회를 갖게 하지만
꿈은 미래의 희망을 갖게 한다.

꿈은 다가갈수록 청사진을 그려가며
자신감 있는 말을 되풀이하지만
운은 '내가 왜 그랬을까?'라며 지금에 와서 아무 의미 없는
실망스러운 말만 되풀이한다.

차트 안에 갇혀서 운을 기대하며 살아온 불안하고
초초했던 시간보다 이제부터 내 의지대로 구체화할 수 있는
꿈을 갖고 있다면 더 의미 있고 보람된 시간이 될 것이다.

그리고 그 꿈은 반드시 이룰 수 있는 꿈이 된다.
운에 맡겨온 시간을 뒤로 하고 이제 다시 나를 바라봐야 한다.
꿈을 현실화할 수 있는 내가 있다.
그 잠재력은 무궁무진하다.

순수이성비판

| 임마누엘 칸트 |

백종현 교수님이 옮긴 《순수이성비판 1》의 일부를 인용했다.
고전에 대한 지식이 짧음에 해석의 오류가 있을 수 있다.
그런 점이 있다면 너그러운 이해를 바란다.

고전 중에서도 유명한 고전을 읽어보려 했다.
예상대로 쉽지 않았다. 한 문장을 두어 번은 읽어야 했다.
완전한 집중력 없이는 이해하기가 힘들어서
한 번 완독하기에도 시간이 꽤 걸렸다.
사실 제목마저도 무엇을 의미하고 있는지 모르고
책을 폈으니, 그럼 말 다한 게 아니겠는가?

먼저 제목이 무슨 뜻인지 이해하고자 했다.
같은 대목을 몇 번이고 읽고서야 조금은 이해가 됐다.
(이해하고 있는 것이 정확한지는 모르겠지만⋯.)
그리고 감히 인용해 본다. 칸트의 《순수이성비판》을

하나의 법정을 설치하여 정당한 주장을 펴는 이성은
보호하고, 반면에 근거 없는 모든 월권에 대해서는 이성의
영구불변적인 법칙에 의거해 거절할 수 있을 것을
요구하는 것이다.

살면서 스스로에 대해 비판을 해본 적이 있는가.

비판이라고 해서 나에 대한 부정이라고 생각할 수도 있지만

여기서 말하는 비판은 심판이다.

나를 피고로 세워서 이성적 심판을 하는 것이다.

우리는 잘못된 길로 가고 있음에도 잘못되었다는 것을

인식하지 못하고 살아갈 때가 있다.

옳고 그름을 알아야 올바른 방향을 갈 수 있다.

다시 《순수이성비판》에서는 이렇게 얘기한다.

칸트는 인간 사회에서 논의되는 모든 것을 심판대에 세웠고,

그 심판관은 이성이었다. 그러나 '인간 사회에서 논의되는

모든 것'은 바로 인간 이성 자신의 산물인 까닭에, 그

심판은 이성 자신의 자기 심판이었다.

나를 심판대에 세워 재판을 받게 해야 한다.
나를 재판할 수 있다는 것은 옳고 그름이 무엇인지
분명히 알고 있다는 의미다.

솔직히 아무 생각 없이 살아도 그냥 살아갈 수 있다.
아무 생각을 하지 않는다고 해서 죽지 않는다.
무작정 불행해지지도 않는다.
하지만 한 번쯤은 나를 돌아봐야 한다.

변화는 밖에서 찾는 것이 아니라
내 안에서 끄집어내는 것이라고 믿는다.
결국 모든 것은 내 안에 있다.
문제도, 정답도 모든 것이 내 안에 있다.

어디서부터 잘못되었는지를 알기 위해서는
무엇이 잘못되었는지를 아는 것이 가장 중요하다.
알고 접근하는 것과 모르고 접근하는 것은
상당한 차이가 있다.

무엇이 잘못되었는지를 알고 나를 바꾸어 간다면
삶은 어느 순간에 완전히 변해 있을 것이다.

나를 심판대에 세워 재판을 받게 해야 한다.
나를 재판할 수 있다는 것은 옳고 그름이 무엇인지
분명히 알고 있다는 의미다.

시공 초월적 관념

한 번쯤은 스스로에게 물어볼 필요가 있다.

운명을 지배할 텐가?

운명에 지배당할 텐가?

우리는 한평생 시간과 공간 안에서 살아가고 있다.
이미 통제할 수 없는 통제에 놓여 있는지도 모르겠다.
한 번쯤 차원을 넘어서야만 새로운 차원으로
넘어갈 수 있겠다는 생각을 해봤다.
이 무슨 FX 블록버스터 영화 같은 이야기인가?
공상 영화에서나 봐온 타임머신을 타고
어디론가 가자는 이야기가 아니다.

나를 변화시킬 수 있는 계기의 마련.
고정화된 것에 대한 변화.

내게 주어진 차원을 변화시키기 위한 노력을 하자는 것이다.
시간을 되돌리거나 공간을 구부리는
비현실적인 변화가 아니라
생각을 고정관념의 공간 안에 가두거나
시간에 쫓기는 삶을 멈추고
시간과 공간을 초월하는 관념을 가져야 함을 의미한다.

우리는 태어날 때부터 내 안의 시선에서 세상을 바라보고 있다.
그것이 유일무이한 온전한 나라는 것을 증명하고 있다.

내가 다른 누군가의 시선에 들어가서는 볼 수 없다.
자고 일어나도 내가 있는 곳과 모습은 그대로다.
어느 날 갑자기 삼성전자의 이재용이 될 수 없다.

우리가 살고 있는 3차원에서 아무리 아등바등해 봐야
큰 변화와 혁신을 기대하기는 어렵다.
3차원적인 삶은 노동이기 때문이다.
그리고 조직에 속한 노예기 때문이다.

하지만 차원을 뛰어넘을 수 있는 생각은
강한 에너지가 되고 실천하게 하여
모든 활동에 영향을 미쳐서
목표 했던 일들을 실현시킬 수 있다.

생각이라는 4차원의 믿음이 실천이라는 3차원을 통제하여
환경을 변화시키는 것이다.
시간과 공간을 의식하지 않는
무한한 생각과 믿음과 실천의지로 가능하다.

하지만 운명이라고 여기고 시간과 공간에 지배당한다면
우리는 항상 눈앞의 세상에만 머무르게 된다.

어디서부터 잘못된 걸까?

사랑에 관하여

시들어가는

시간이 흘러 다시 봄날이 되었을 때
너와 내가 지난날을 생각하며,
벚꽃이 흩날리는 것처럼 아름다운 모습으로 남기를….

사랑으로 평생을 함께할 수 있다면

더할 나위 없이 좋겠지만, 그전에 이별을 맞이했다면

이별을 겸허히 받아들이는 것도 나쁘지 않다.

사랑도 시간이 지남에 따라 바래져 간다.

하지만 그것이 잘못된 것만은 아니다.

그럴 수도 있다.

반복되는 위기를 극복하고 이해하기엔

포기하는 편이 나을지도 모른다.

위기는 또다시 오고,

이해는 도무지 이해가 되지 않기 때문이다.

그렇다면 무미건조하게 지내는 게

그래도 이별만은 막을 수 있지 않을까?

하지만 그게 무슨 의미가 있을까?

어쩌면 우리가 흔히 말하는 사랑이라는 감정을
모두가 착각하고 있는 것은 아닐까?
상대방의 친절과 관심이 내 시선과 감정에 콩깍지를 씌워
사랑을 싹트게 하는 것이지,
애초에 운명적인 사랑은 없을 수도 있다.
친절과 관심은 시간이 지남에 따라 익숙해지고
익숙해짐은 점점 바래지게 만든다.

처음과 같이 사랑한다고 말할 수 있을까?
봄날 초록 잎과 같은 싱그러운 사랑을 시작했다면
뜨거웠던 여름을 보내고
가을의 서늘한 미움과 오해의 감정을 지나
차가운 다툼의 겨울로써 끝맺음하게 된다.
그렇게 끝난 후에 돌아보면 남아 있는 건 아무것도 없다.
대신 남음이 없는 자리에 상처도 없기를 바란다.
그래도 눈보라 치는 겨울을 잘 견디고
봄날 다시 벚꽃이 필 무렵
너와 내가 지난날을 생각했을 때
벚꽃이 흩날리는 것처럼

서로가 아름다운 추억으로 남기를 기대하며….

그렇게 시간이 흐를수록 우리는 예전과 달리
더 성숙해져 있을 테니까.

실패도 무엇인가 하고 있었다는 증거

잘못될 것 없다.
계속 몸부림쳐라.
네 인생의 성장판이 닫히지 않도록

살다 보면 실패라고 느끼는 순간이 있다.

실패라는 생각이 들 때 회피하기보다 현실을 직시하고
과오를 인정하며, 그 무엇도 원망하지 말아야 한다.
실패라는 인정하기 싫은 단어도 무언가를 시도했다는
증거이기 때문에 최선을 다했다면 충분하다.
다시 계획해 나가야 한다.
포기해버리면 정말 실패로 남아 그것만 부여잡고
평생을 살아가게 된다.

사실 실패라는 것은 없다. 어려움만 있을 뿐이다.

그럼에도 불구하고 어려움에 직면하면 선택한 것을 원망하며,
'난 어디서부터 잘못된 걸까?'라는 생각을 한다.
선택에 있어서 심사숙고했다면 그 선택은 최선이다.
다른 선택을 했다면 더 나은 결과가 있었을 터라며
아쉬워할 수도 있겠지만, 이미 지나가 버린 일이다.

처음에 내가 한 선택이 옳았다고 믿어야 한다.

그 선택에는 나름의 이유가 있었을 테니까.

다음 선택도 자신 있고, 단호하게 할 줄 알아야 한다.

선택은 심사숙고하되 머뭇거림이 없어야 한다.

머뭇거리다 보면 평생을 머뭇거리게 된다.

유명 극작가 조지 버나드 쇼의 묘비명에는 이렇게 적혀 있다.

"우물쭈물하다가 내 이렇게 될 줄 알았어."

홍정욱은《에세이 50》에서 이런 말을 한다.

"쉬웠다면 내게 기회가 왔겠는가?"

기회는 이상하게도 얻는 자가 계속 얻게 된다.

불확실하지만 도전하고 계속 꿈틀대고 있기 때문이다.

계속 무엇인가를 하고 있다는 증거.

그것은 고난을 극복해 나가며 성공으로 향하는 몸부림이다.

잘못될 것 없다.

계속 몸부림쳐라.

네 인생의 성장판이 닫히지 않도록.

운명의 시작점

운명대로 나를 멈추게 할 필요는 없다.
우리는 충분히 가치 있고 훌륭한 표본이 되는
새로운 운명을 만들어 갈 수 있다.

그럼으로써 좋은 운명의 기준이
내가 될 수 있는 것이다.

인생은 팔자소관이라는 말이 있다.

하지만 정해진 운명대로만 살아가야 한다면

인생은 얼마나 허무하고 무의미해질까?

팔자는 사람이 태어난 일시를 갖고 만들어 낸 통계치다.

요즘 시대는 개개인 삶의 방향과 선택 요소가 무궁무진하다.

사실 과거의 통계로 적용하기에는 데이터가 너무 방대하다.

그럼에도 불구하고 팔자가 바뀌어야

인생이 달라질 수 있다고 한다.

애초에 팔자의 시작은 어느 한 사람이 태어나서

죽고 난 뒤에 어떤 삶을 살았다는 전제로

태어난 연, 월, 일시를 확인해서 기준을 만든 것이지

처음부터 있었던 것은 아니다.

다시 말해서 이 책을 집필하고 출판한 정재기가

최초의 인류라고 했을 때

죽은 후에야 태어난 연, 월, 일시를 갖고 살아가는 동안

책을 쓴 사람이라는 통계 안에 넣는 것이다.

그렇게 축적해서 모여진 데이터의 일치성으로 예측하는 것이다.

그 예측마저도 하루가 다르게 변하는 복잡한 시대를
살고 있기 때문에 오류가 생길 수밖에 없다.

사주팔자로 운명을 고정화해서 나를 멈추게 할 필요는 없다.
우리는 충분히 가치 있고 훌륭한 표본이 될 수 있는
새로운 데이터를 만들어 갈 수 있다.
그럼으로써 좋은 팔자의 기준이 내가 될 수 있는 것이다.

그리고 무엇보다 팔자나 관상과 손금을 바꾸는 것보다
삶의 방식을 바꾸는 것이 인생을 달라지게 하는
가장 정확하고 현명한 방법이 아닐까?

운명대로 나를 멈추게 할 필요는 없다.
우리는 충분히 가치 있고 훌륭한 표본이 되는
새로운 운명을 만들어 갈 수 있다.

지금 시간은 몇시 몇분?

당신은 지금 몇 년 며칠
몇 시 몇 분을 살아가고 있나요?

하루라는 시간 동안 사람들은 의외로 잡생각을 많이 한다.

도무지 현재에 집중을 못 한다.

과거의 상처를 다시 끄집어내고,

미래에 대한 걱정으로 불안해한다.

그럼으로써 지금과 오늘이 엉망이 되어버린다.

사람과의 관계든, 선택한 일이든 모든 것이 불안정하다.

오늘은 둘째로 치더라도 지금을 살아가지 못한다.

암울한 과거는 다 지나간 일이고,

부정적인 미래는 일어나지 않는다.

지금 우리에게는 아무 일도 일어나지 않았다.

현재를 설계하며 살아가야 한다.

그래도 잡생각을 떨쳐버리기 힘들다면,

손가락 한 마디라도 까딱 움직여보라.

지금, 이 순간을

손가락 움직임으로 인식할 수 있다.

아마 오늘 하루 생각했던 것들을 전부 글로 옮긴다면

허황되고 미친 생각들도 많았을 것이다.

잡생각을 멈추고 지금을 살아야 한다.

지금을 살라고 한형조의 《붓다의 치명적 농담》에 들어있는
글을 인용해 본다.

"스님도 도를 닦고 있습니까?"

"닦고 있지."

"어떻게 하시는데요?"

"배고프면 먹고, 피곤하면 잔다."

"에이, 그거야 아무나 하는 것 아닙니까? 도 닦는 게 그런 거라면,
아무나 도를 닦고 있다고 하겠군요."

"그렇지 않아. 그들은 밥 먹을 때 밥은 안 먹고
이런저런 잡생각을 하고 있고,
잠잘 때 잠은 안 자고 이런저런 걱정에 시달리고 있지."

나 또한 지금과 현재의 중요성에 대한 내용을 소설에 담았다.

왜 오지 않는 것들을 미리 걱정하는 것일까?
걱정이라는 것이 어쩌면 필요악처럼 평생 우리 주위를 맴돈다.
인간의 예지력이 만든 막연한 부정의 방어일 뿐이다.
사실 걱정한다고 해서 해결되는 것은 없다.
조엘 오스틴 목사의《긍정의 힘》이라는 책에는
당신이 걱정하는 일들이 실현되는 비율은 단 1%에도
미치지 못한다고 한다.
그 말에 덧붙여 지금 우리가 인식해야 하는 것은
바로 지금, 이 순간이라는 생각이 든다. 지금이 몇 시 몇 분이고,
어디에서 무엇을 하고 있는가를 생각해야 한다.
순간 왼 손목을 들어 시계를 보았다.
현재 시각 오후 세 시 삼십 분을 향하고 있다.
내가 앉아 있는 곳은 송정항 등대 출입문 앞 계단이고,
혼자만의 여행을 떠나와서 나를 찾는 시간을 보내고 있다.
거기까지가 전부다. 내일 세상의 종말이 오더라도 걱정만으로
오늘을 힘겹게 살아갈 필요는 없다.
필요 이상의 걱정은 오늘의 삶에 독이 될 뿐이다.

「정재기《나를 찾아 떠나는 항해》중에서」

지금 우리는 나폴레온 힐이 말하는
긍정적이고 성공적인 생각들로 채우고,
현실적이고 생산적인 일들을 해야 한다.

루
틴

루틴을 잃어버리면
지금 나의 루틴이 메이저 루틴인지,
마이너 루틴인지
알 수 없게 된다.

루틴은 수없이 강조해도 부족할 만큼 정말 중요하다.

루틴을 강조하기 위해 여러 스포츠 중에서
가장 좋아하는 야구를 예로 들어본다.
야구를 가장 좋아하는 이유는 시즌이 가장 긴 스포츠고,
그 기간 동안 실력을 계속 유지해야 하기 때문이다.

다른 스포츠도 미찬가지일 테지만, 경기력이 떨어지면
프로의 세계는 기다려주지 않는다.
그만큼 루틴이 중요하다.
슬럼프라도 오면 단기간에 극복해야 한다.
그래서 가장 좋았던 폼을 기억하고,
같은 폼을 유지하기 위해서 계속 반복적으로 연습해야 한다.

인생도 성인이 되면 스스로가 책임져야 할
프로의 세계라고 생각한다.
그때부터 부모나 선생님이 알려주지 않는다.
본인이 루틴을 정하고 그 루틴이 깨졌을 때
가장 좋았던 모습이 무엇이었는지 기억해야 한다.

그렇지 않으면 어느새 마이너리그로 내려가 버린다.
내 인생의 주인공 자리를 빼앗기게 된다.

인생이 주어졌다고 해서 내 것이 아니다.
루틴을 유지하고 노력을 해야만 내 인생이 된다.

루틴을 지킨다고 해도 살아가면서 변수가 많이 작용한다.
친구들과의 만남, 회식, 출장 등
단 하루만 잃어버려도 다시 유지해 가기가 쉽지 않다.
다시 루틴을 찾기 위해서는 의식적으로 반복해야 한다.

한평생 야구만 하던 선수들도

수백 번의 스윙과 피칭의 반복으로 다시 루틴을 되찾는다.

우리는 누구나 메이저리그에 머물러야 할 프로의 세계에

있다고 생각해야 한다.

귀찮음과 편안함의 시간이 길어지면

자연스럽게 마이너리그로 내려가게 된다.

한번 마이너리그로 내려가면 나도 모르게

마이너 루틴에 길들어져 메이저리그로 다시 올라오기까지

몇 배의 노력과 시간이 든다.

인생이 주어졌다고 해서 내 것이 아니다.
루틴을 유지하고 노력을 해야만 내 인생이 된다.

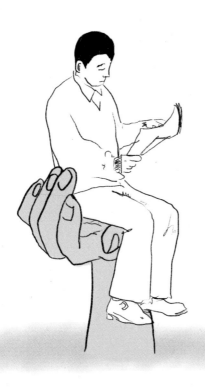

척 도

내가 아는 것을 남이 모를 수 있고,
남이 아는 것을 내가 모를 수 있다.

공부를 잘하고 못하는 아이로 나눈다.

잘못된 표현이라고 본다.

공부하는 아이 혹은 공부하지 않는 아이로 나눠야 한다.

공부를 잘하고 못한다는 표현은

공부를 잘할 가능성과 못할(?) 가능성을

배제해 버리는 느낌이다.

그렇게 정해 버리는 건 아니라고 본다.

어린 시절 장승수 변호사가 쓴 《공부가 가장 쉬웠어요》라는

책을 읽은 적이 있다.

저자는 집안이 가난해서 청년 시절 막노동을 했다.

그때는 공부 못하는 청년으로 불렸을 것이다.

하지만 이후에 공부를 열심히 해서 명문대에 진학하고,

사법시험에 합격하고 나서는

공부를 잘하는 청년으로 불리게 되었다.

공부를 잘하고 못하고의 차이가 아닌,

공부를 하고 안 하고의 차이다.

지금 공부하지 않는 아이라도 시작만 하면

잘하는 아이가 될 수 있다.

머리가 좋고 나쁘다는 표현도 잘못되었다고 본다.

음악을 모르는 판사나 미술을 모르는 의사에게

머리가 나쁘다고 할 수 있을까?

법학과 의학을 모르는 예술가에게

머리가 나쁘다고 할 수 있을까?

관심사와 집중하는 영역의 차이일 뿐이다.

직장에서도 마찬가지다.

직장 선배가 후배에게 멍청하다는 막말을 했다고 한다.

아무래도 그 선배에게 똥인지 된장인지는

알려줘야 할 것 같다.

후배가 모르는 것을 선배가 아는 것은

먼저 입사해서 좀 더 빨리 알았던 것의 차이일 뿐이다.

그리고 선배가 더 많이 알아야 하는 게 당연하지 않을까?

후배보다 긴 경력과 더 높은 연봉을 받으니까.

덧붙여 말하자면,

높은 직급을 주는 이유가 갑질하라고 주는 게 아니다.

더 전문성을 갖추고, 문제점이 생기면

해결하라고 주는 것이다.

결코 후배에게 떠넘기고 지적하라고 주는 것이 아니다.

사람마다의 다양한 능력과 차이를 인정해야 한다.

세상에서 결코 나만 똑똑한 사람이 아니다.

사람들은 제각각 관심 분야가 있다.

그 관심 분야 안에서 열정을 다했기 때문에

남들보다 더 잘 아는 것이다.

모든 분야에서 전문가가 될 수 없다.

관심 분야의 책을 좀 더 들여다봤다고

지식의 척도를 높고 낮음으로 이야기하는 것은 모순이다.

최선은 최선을 다할 수 있을 때

무의미한 불안과 걱정은
현실적인 감각을 무뎌지게 한다.

고등학교 학창 시절.

집에서 학교까지는 버스를 타고 한 시간을 가야 했다.

비라도 오는 날이면 만원 버스로 승객이 꽉 차서

정류장을 그냥 지나쳐버리기도 했다.

그러다 보면 다음 버스가 오기까지 20분이 더 걸린다.

지각은 이미 떼 놓은 당상이다.

처음에는 학교에 도착할 때까지 버스 안에서

시계와 차창 밖을 보며 안절부절 남은 거리를 재촉했다.

하지만 그렇게 불안해한들 거리가 가까워지거나

시간이 멈추지 않는다.

이상과 현실이 점점 괴리되어 갈 뿐이다.

우리는 살면서 최선을 다하고 있다고 생각하지만

무의미한 최선을 하고 있는 순간이 있다.

그런 최선은 아무런 도움도, 결과도 얻지 못한다.

그저 내 안에 최면을 걸어 허덕이며

뻘짓(?)을 하고 있는 순간이다.

아무리 초조해 봐야 달라지는 건 없고,

버스에 몸을 맡길 수밖에 없다.

차라리 학교에 도착하기 전까지

이어폰을 끼고 여유롭게 음악을 감상하며,

졸리면 잠을 청하는 게 나을 것이다.

대신 버스가 학교에 도착하면

발에 불이 나도록 교실까지 뛰면 된다.

그것이 현실적인 최선이다.

최선은 최선을 다할 수 있을 때 해야 한다.

버스 안에서 초조해하며 빨리 도착하기를 바라는 건

최선이 아니다.

심적인 에너지만 소모할 뿐 아무것도 아닌 것이다.

행복의 한 꼭지는
좋아하는 일을 하는 것

음원 사이트에서
저자의 이름으로 검색하면 들을 수 있는 세 곡

1. 논리보다 공감
2. 내 이름을 불러본다
3. 그댈 위한 나

분명 좋아하는 일이 있다.

좋아하는 일을 스스로 가로막고 있다면

그것만큼 불행한 일은 없을 것이다.

좋아하는 일은 하고 싶은 일이다.

하지만 허황된 일이라고 생각하거나

불가능한 일이라고 치부해 버리는 게 다반사다.

몇 년 전에 음악을 만들었다.

그 시작은 초등학교 6학년 때 대중가요를 듣다가

음악을 직접 만들고 싶다는 막연한 생각에서 비롯되었다.

그렇다면 음악을 만들기 위한 노력을 했을까?

전혀 하지 못했다.

피아노 학원 근처에 가본 적도 없고,

접해 본 악기는 학교에서 음악 시간에 배운

리코더, 탬버린, 트라이앵글이 전부다.

악보는 아직까지도 볼 줄 모르고,

하물며 음악 시험에서 0점을 받은 적도 있었다.

시험의 모든 정답을 피해 가는 것이 더 힘든 일임에도

불구하고….

그렇게 시간이 흘러 30대 중반이 되어서야
다시 음악을 만들고 싶다는 생각이 들었다.
허황되고, 불가능하다 못해 누가 들으면
정신 못 차리고 있다고 비칠 수도 있다.
하지만 절실함은 관심과 노력을 동반하고,
예상치 못한 방법을 알려준다.
보이지 않던 길의 등불이 되어 걸어갈 수 있게 해준다.

내가 하고자 했던 일. 그것을 하고 있다는 것은
한계를 극복하고 고난을 견딜 수 있게 해준다.

음악을 만들면서 가장 큰 어려움은 작사나 작곡이 아닌,
'내가 음악을 만들 수 있을까?'라는 의심과 경계였다.
만일 중간에 포기했다면 허황된 꿈만 꾸는
사람이 되었을 것이다.
아무리 노력해도 도저히 할 수 없는 부분이 있다면
도움을 빌리면 된다.
그래서 보컬과 편곡은 도움을 받았다.

기본기도 없고, 코드 진행도 모르고 만든 음악이라
당연히 잘 만들 수 없었지만 좋아하는 일,
그것도 할 수 있는 일 하나를 해냈다.

그렇게 음악 작업은 계속 이어갈 것이다.
혹시 또 어찌 알리요.
미약한 나비의 날갯짓이 내 인생에 폭풍우를 일으키게 될지.

chapter 4

고마움을
나타내는
인사

가지려고 하는 것과 가지고 있는 것

외면의 상품화가 되기 위한 노력보다
내면의 명품화가 되기 위한 삶의 노력.

내가 가진 모든 것들이 하찮아 보일 때가 있다.

가만히 보면 이루어 놓은 게 없어 보인다.

빈털터리 거지가 된 느낌이다.

그 생각에 갇히면 스산한 바람이 휙 지나간다.

춥다. 마음까지도.

어디서부터 잘못된 걸까?

왜 아직까지 이루어 놓은 게 하나도 없는 걸까?

가진 것에서 의미를 부여하지 못해서다.

분명 이뤄 놓은 게 있다.

하지만 그 성취감은 오래가지 못한다.

없던 것은 가지기 위한 동경의 대상이 되었다가도

가지게 되면 원래 내 것인 것처럼 당연시된다.

원래 내 것은 없었다.

더 가지려고 하다 보니 가지지 못한 것만 바라보게 된다.

가지고 있는 것을 보지 못한다.

얼마 전에 산 국산 중고차가 처음부터 있었던 것은 아니다.
뚜벅이 삶을 살다가 생겨난 것이다.
뚜벅이를 벗어날 수 있게 해준 아주 고마운 것이다.
하지만 시간이 지나면 국산 중고차가 눈에 들어오지 않는다.
조만간 바꿔야겠다는 생각만 하게 된다.

물질적인 소유는 풍요로움을 주지만
꾸준한 행복을 가져다주지는 못한다.
더 가지고 싶은 욕심만 생겨날 뿐이다.
가지려고만 하는 행위는
가지고 있는 것들을 더욱 하찮게 만든다.
하물며 사람까지도.

욕심은 항상 부족한 나를 만든다.
부족하다는 생각은 마음을 초조하게 하고,
부정적인 생각을 낳게 만든다.

반면 감사함은 풍요로운 나를 만든다.
풍요로운 생각은 마음을 편안하게 하고,
긍정적인 생각을 낳게 만든다.

감
사
하
기

사랑이 식었다고 느껴서 혹은 유효기간이
지났다고 해서 사람을 계속 바꿀 수는 없다.

사람을 바꾸어도 결국 모든 것은
당연한 것이 되어버린다.

시작은 분명히 사랑이었다.

부모와 자녀, 부부, 연인 간에도 말이다.

하지만 그 사랑은 시간이 지나면 당연한 것이 되어버린다.

내가 하찮게 느껴진다.

아니, 네가 하찮은 나로 생각하는 것처럼 느낀다.

익숙해진 배려는 더 이상 미담이 아닌 당연한 것이 되었다.

식당에 가서 먼저 냅킨을 깔고 수저를 놓아준다.

으레 식당에 가면 먼저 냅킨을 깔고 수저를 놓아주는

사람이 된다.

감사한 일이 당연한 일이 되어버렸다.

시간이 지나면 누가 해도 되는 일이 아닌,

하지 않으면 서운한 일이 되어버린다.

잘못되었다기보다 어쩔 수 없는 일이다.

우리가 처음 만났을 때를 생각해보면

가슴 두근거리며 서로를 동경했고,

항상 눈앞에 너라는 눈부신 햇살이 비쳤다.

이제 막 피어난 봄꽃의 너의 향기.

귓가에는 속삭이듯 너의 목소리가

마치 클래식 음악처럼 가득 차 있었다.

세상을 다 가진 느낌이었다.

너 외에는 주변에 아무것도 보이지도, 들리지도 않았다.

그랬던 우리가 왜 시간이 지나면 당연한 사람이 될까?

사랑했던 기억마저 잊어버릴 만큼

그저 그런 사람으로 여겨질까?

네가 변한 게 아니라 내가 변한 거겠지.

내가 변한 게 아니라 네가 변한 거겠지.

우리는 누가 먼저랄 것도 없이 똑같이 변해 있었다.

그리고 모든 것이 당연시되어 감정이 메말라 버렸다.

메마른 감정에 물을 뿌리면

다시 싱그러운 봄날에 새싹을 틔울 수 있듯이

묵혀있던 감사의 표현을 꺼내어 보면 어떨까?

매년 봄날에 피어나는 새싹을 볼 때면 당연하다는 느낌보다
새 생명의 소중함과 추운 겨울을 지나 따뜻한 계절의
감사함을 느끼게 되는 것처럼

마모된 사사로운 선의에도 감사를 통해서
특별한 일로 여기며 신선한 의미를 부여해 본다.

나를 보고 나를 위함

무엇이든 상관없다.
나에게 노력을 한다는 것
그 자체만으로도
내 삶이 긍정적이고 보람될 수 있다.

나를 본다는 것은 명상을 하고,
나를 위한다는 것은 가끔 채식으로 감사함을 느끼는 것이다.

잡념, 고민, 미움, 오해로 인해
무언가에 집중하기 힘들어진다면
그 순간부터 습득해야 할 모든 것으로부터 단절된다.
집중과 몰입에 방해되는 것들을 내려두고
아무것도 없는 편안한 상태가 되어야 한다.

그러기 위해서는 명상이 필요하다.
평생 모르고 지나쳤을 법한 명상을 운 좋게도 오랫동안
하셨던 분이 가까이에 계셔서 접할 기회가 있었다.

명상의 본질은 마음을 흔드는 온갖 기억과 감정들을 지우고
마음의 평온을 위해서 무(無)의 상태를 유지하는 것이다.
위 본질은 어떤 방법의 명상과도 일맥상통하리라 본다.

마음은 정말 마음대로라서 어떤 때는 평온한 상태였다가도
또 어떤 때는 산만하고, 혼란스러울 때가 있다.

마음의 평온이 없다면 책을 보고 있어도
눈으로만 보고 있을 뿐 머리에 들어오지 않는다.
평온하지 않다면 자신과 사람에 대해서도 부정적일 수 있다.
이성적인 사고와 판단을 흩뜨릴 수도 있다.

평온을 찾는 것은 매우 중요한 일이고,
그 방법이 있다면 꼭 필요하다.

그래서 난 명상을 통해서 평온한 나를 만나고 있다.

명상과 함께 나를 위한 일로써 가끔 채식만을 먹어본다.
정말 소위 말하는 풀떼기뿐이다.
밥과 쌈장, 각종 쌈 야채, 생마늘,
그리고 후식으로는 파프리카가 전부다.
쌈 채소는 원래 좋아하긴 했지만,
채식만으로 먹는 이유는
언젠가 조그만 텃밭을 가꾸며 느낀 보람을 섭취한다는
기분이 있어서다.

생명력을 잉태한 씨앗에서 처음 싹을 틔울 때의 감동과
매일 물을 주며 푸르게 자라는 모습을 볼 때면 나의 관심과
노력에 응답해 주는 대상에 대해 감사함이 생겨난다.

사람이건, 동물이건, 식물이건 그 대상으로부터 감사함을
느낀다는 것은 마음을 풍요롭게 한다.

나를 보고 나를 위한다는 것은
명상과 채식을 하는 것 외에도
남을 의식하며 보여주기 위한 노력이 아닌,
오직 나를 위해 노력하고 있다는 것.
내게 긍정적인 요소를 불어넣고
감사해하는 마음을 가진다는 것이다.

나에게 맞는 옷을 찾기

가장 나다운 것!!

누군가는 클래식을 듣는다.

음악이 고루하다. 도무지 귀에 들어오지 않는다.

그래서 원래 좋아했던 영화 〈러브레터〉와

〈냉정과 열정 사이〉의 OST를 듣는다.

누군가는 명상을 한다.

가만히 앉아서 무념무상(無念無想)으로 있는 시간이 힘들다.

그래서 밖으로 나가 둘레길을 걸으며 여러 가지

생각들을 정리한다.

누군가는 고전을 읽는다.

어려운 단어와 한자어로 되어 있어서 잘 읽을 수가 없다.

그래서 고전을 소개하고 쉽게 풀어 쓴 인문학 서적을 읽는다.

굳이 같은 방향을 지향할 필요는 없다.

나와 맞지 않다면 효율적이지 못하다.

이 책도 참고하되 제시한 방향을 지향할 필요는 없다.

부디 나에게 맞는 옷을 찾기를 바란다.

너를 만났다

볼 수 있고, 들을 수 있고,
그리고 행복을 줄 수 있는
사랑하는 사람이 그저 옆에 있다는 것만으로도
감사하다.

아주 가깝게 지냈던 사람이 갑자기 세상을 떠난다면 어떨까?
배우자, 자녀, 오랜 인연을 이어온 친구.
우리의 삶에서 멀어졌을 때 그 상실감과 안타까움은 크다.
다시는 오지 못하는 길로 떠났을 때
그리움은 무엇과도 견줄 수 없을 만큼 아주 오랜 시간 동안
곁을 지킨다.

그렇게 상실은 갑자기 그리고 당황스럽게 찾아온다.
사실로 받아들이기까지도 시간이 걸린다.
마취에 감각이 굳어버린 듯
비가 오든, 눈이 내리든, 햇볕이 내리쬐든
시간이 흘러도 너와 내가 있던 자리에는
아직까지 모든 날의 표정과 모습이 머물러 있다.
미처 작별하지 못했기 때문이다.

그리움에 사무쳐 가끔 만나는 상상을 한다.
멈춰있는 사진을 연신 꺼내 보며
기억 속에 남아 있는 목소리, 행동과 웃음을 끄집어낸다.
그리고 눈앞에 아른거림을 상상하며 대한다.

하지만 그 실체는 너무나 희미해서
눈으로 볼 수도, 귀로 들을 수도 없다.
웃어 줄 수도, 말을 걸 수도 없다.

이런 애석함을 조금이나마 헤아려 준
TV 프로그램을 우연히 보게 되었다.
〈너를 만났다〉
VR로 이미 세상을 떠난 가족과 재회하는 방송이었다.
미안했다고 그리고 고마웠다고 직접 보고 말할 수 있는
작별의 기회를 준 프로그램이었다.

어쩌면 죽었다는 사실을 믿을 수 없음에도
만나야 한다는 게 더 힘든 일일지 몰라도,
그래도 고마운 건 너를 편하게 보내줄 수 있는
이별의 마지막 말을 할 수 있음이고,
너무 다행인 건
사랑했다고, 너무나 사랑했다고 표현하지 못한 마음과 말을
마주 보며 전할 수 있어서다.

논리보다 공감 2

마음은 파는 것이 아니라 사는 것

관계에 있어서 다툼이 없을 수 없다.
다툼의 상태로 방치되어 시간이 흐르다 보면
이별이 되고, 절교가 되고, 불편한 관계가 된다.
결국 둘 다 남는 것 하나 없이 잃게만 된다.

다툼이 생기면 범하기 쉬운 오류가
그 시작은 네가 먼저라는 것이다.
거기에 덧붙여 네가 더 심했다는 것이다.
그렇게 원인 제공자로 서로를 가리킨다.
처음부터 답이 없는 싸움이 되고,
나중에는 싸움의 팩트마저도 잊어버린 채
그 사람의 모든 것들을 내가 만든 모순 속에 밀어 넣는다.
시간이 지날수록 나에 대한 무시,
너의 이기심이라는 생각에 더욱더 미움이 커져만 간다.

홧김에 잠은 오지 않고,
생각에 생각을 더할수록 오해는 쌓이고,
몇 번이고 천장에 닿을 듯 이불 킥을 하며
침대에서 일어나게 된다.

그러다가 관계 단절까지 생각한다.
그렇게 버려진 너와 내가 수두룩하다.

하지만 시간이 지나 화해하게 되면
이 싸움의 시작과 정도를 놓고 분석하거나 따지지 않는다.
이후 싸웠다는 사실마저도 잊어버린 채 지낸다.

서로의 마음에 화가 들어오고 서운함과 미움이 가득 차면
표현에도 변화가 생긴다.
상대방이 느끼기에 사랑은 없고, 미움과 상처만 쏟아내고
있는 내가 앞에 서 있을 뿐이다.
표현을 통해서 논리를 펴고 있지만 공감을 주지 못한다.
이미 서로에게 공감하려는 여지가 없기 때문이다.

그럴 때는 표현을 멈출 필요가 있다.
마음을 추스르고 다시 공감의 공간을 만들어
서로의 마음을 사서 담을 수 있도록 해야 한다.

사
람
들

내게 좋은 영향력을 주었던

사람들에게 항상 고마움을 갖고,

언제든 그들과 함께했을 때 행복을 느낀다.

옛 속담에 먹을 가까이하면 검어진다고 했다.

가까이 있는 사람들의 중요성에 대해서 말하고 있다.

중년까지 살아오면서 많은 이들과 함께했다.

그중에는 긍정의 기운이 넘치는 사람이 있고,

매사에 부정적인 사람도 있었으며,

인정해 주고 칭찬하는 사람이 있는 반면에

사사로운 일에도 지적하고 질타하는 사람도 있었다.

또한 노력하고 감사하는 삶을 사는 사람들이 있었고,

요행을 바라거나 시기하는 사람들도 있었다.

긍정적이고, 인정해 주고, 칭찬을 잘하며,

노력하고 감사하는 사람만을 골라서 만날 수는 없다.

나도 완전한 사람이 아니기 때문이다.

사람에게서 용기를 얻고 위로받게 된다.

반대로 사람에게서 상처받고 좌절할 수도 있다.

희망과 웃음도 사람에게서 얻고,

걱정과 분노도 사람에게서 얻는다.

하물며 사람이 나를 성장시킬 수도, 망가뜨릴 수도 있다.

그만큼 사람은 중요하다.

좋은 사람의 공통점은 예의와 배려로 사람을 대한다.

얼굴은 항상 밝고 미소가 있다.

온화하고 차분하며 감정에 격앙됨이 없다.

항상 긍정적이고, 서로를 인정하며

조그만 것에도 감사해한다.

인생의 목표가 있고 항상 노력하는 삶을 살아가고 있다.

그리고 진정성 있는 충고도 할 줄 안다.

좋은 사람과 함께할 수 있음은 인생의 축복이다.

나도 그들처럼 좋은 사람이 되고 싶지만

아직 부족한 점이 많다.

하지만 그들과 평생을 함께하면 부족한 점을 보완할 수 있고,

그들만큼 좋은 사람으로 남을 수 있을 것 같다.

친구를 보면 그 사람을 알 수 있다고 했다.

가까이 있는 사람에 의해 동조됨이 많아서일 것이다.

지금 내 주변인들을 보면 내가 어떤 삶을 살고 있는지를

가늠해 볼 수 있다.

사람에게서 용기를 얻고 위로받게 된다.
반대로 사람에게서 상처받고 좌절할 수도 있다.
희망과 웃음도 사람에게서 얻고,
걱정과 분노도 사람에게서 얻는다.

선

물

노력하는 삶의 확신은
또 다른 삶에 대한 노력을 기울여 가게 만든다.

어느 날 오랫동안 친분을 유지하고 지내던
미국에 계신 형님에게 카톡이 왔다.
"재기야 잘 지내지? 나 곧 한국에 들어갈 거 같아."
몇 년 만에 한국에 들어온다는 소식에
그 반가움은 이루 말할 수 없었다.
"언제 오십니까? 언제까지 계시는지 알려주시면
괜찮은 날에 뵙겠습니다."
"이번에는 한국에 들어가면 계속 머물 것 같아."

아무래도 코로나 여파도 있고,
미국 생활이 쉽지는 않았을 것 같았다.
하지만 그런 걱정도 잠시였고, 이제 가까이에서
지낼 수 있겠다는 생각에 기뻤다.
"오시는 일정이 정해지면 알려주십시오."
"그래. 한국 가면 보자."

그렇게 3개월 정도 지나고 다시 형님에게 전화가 왔다.

"잘 지냈어? 나 8월 23일에 들어가게 됐어."

"그럼, 그날 뵙겠습니다."

"근데 바로는 못 볼 것 같아. 서울에 오래 못 있고
부산에 출장을 가야 해서. 이번에 대학교수로 임용되었거든."

한국에 완전히 들어오게 된 이유를 그제야 알게 되었다.
너무 잘되었다고 연신 기뻐하며,
그동안 형님이 노력한 시간이 주마등처럼 스쳐 지나갔다.

형님은 모교 대학원에 진학해서 석사과정을 이어 갔다.
석사학위를 취득할 때 영작 논문을 제출했던 기억이 난다.
아마 그 전부터 미국으로 가서 박사학위를 취득하고자
계획하셨던 것 같다.

얼마 지나지 않아 미국 유학길에 오르셨고,
근 10년 가까이 그곳에 머물며 학업과 취업을 병행하는
녹록지 않은 시간을 보내셨다.
그 시간 동안 수많은 시행착오와 좌절이 있었겠지만
묵묵히 길을 걸어갔고, 결국에는 꿈의 성취에 이르렀다.

누군가의 도전과 노력을 오랫동안 지켜볼 수 있다는 것과
그 결실의 순간을 함께할 수 있다는 것은
확신의 동기부여가 된다.

대부분 살아가면서 선택에 대한 의심을 많이 한다.
'이게 과연 될까? 역시 내 이럴 줄 알았어.'라고 포기하고
체념하며 멈추는 순간들이 많다.
하지만 가까이에 있는 누군가가 그 의심을
확신으로 보여준다면 그것만큼의 큰 선물은 없을 것이다.

꾸준한 노력에 대한 결실은 누군가에게 받는 믿음의 선물,
그리고 다시 누군가에게 줄 수 있는 믿음의 선물이 된다.

배

배려는 감사함을 느끼고 존중하며
상호작용을 할 때 더욱 빛을 발하고 오래간다.

려

오늘은 연인이 데이트를 하기로 한 날이다.
그런데 예기치 않게 비가 내리기 시작했다.

각자 우산을 가지고 왔지만 하나를 같이 쓰고
음식점으로 향했다.
얼마 지나지 않아 남자친구의 한쪽 어깨는
비에 흠뻑 젖어 있었다.
음식점 입구에 다다르자 여자친구는 비에 젖은 남자친구의
한쪽 어깨를 손수건으로 닦아주었다.

둘은 음식점에 앉아 음식이 나오기를 기다렸다.

식당과 메뉴 선택은 어젯밤에 남자친구가 블로그와 후기를
한 시간가량 찾아보고 여자친구가 좋아할 만한 분위기와
메뉴가 있는 곳으로 예약해 놓은 상태였다.

어젯밤에 여자친구도 남자친구가 좋아할 만한
메이크업과 입고 나갈 옷을
한 시간가량 고른 후 잠이 들었다.

남자친구는 그런 여자친구의 모습을 보고
세세한 변화를 찾아내 이야기해 준다.
"오늘 옷이 메이크업과 너무 잘 어울리는데. 예뻐. 예뻐."

여자친구도 남자친구가 예약한 음식점을 보고 이야기해 준다.
"여기 분위기 있다. 어떻게 이런 곳을 찾았대.
완전 능력자."

음식이 나오자 여자친구는 남자친구에게 냅킨을 챙겨주고,
남자친구는 여자친구가 먹기 좋게 고기를 잘라준다.
서로에게 음식을 먹여주며 알콩달콩 대화를 나눈다.
누군가가 힘들게 한 이야기를 할 때면
그놈이 세상에서 제일 나쁜 놈이라고 서로의 편을 들어준다.
그리고 누가 무슨 말을 하든 공감한다.

오래된 연인일수록 서로의 단점이
무엇인지 모를 리 없겠지만 굳이 끄집어낼 필요는 없다.
함께할 수 있는 시간이 소중할 뿐이다.

데이트를 마치고 집으로 향하는 동안
여자친구는 남자친구의 어깨에 기대어 잠이 들었다.

그런 여자친구를 보며 남자친구는
'내가 지켜줘야 할 여자'라고 다짐한다.
여자친구 또한 '내가 챙겨줘야 할 남자'라고 생각한다.
집에 도착해서는 아직도 서로에 대한 여운과 그리움이 남아
"사랑해. 잘자."라는 인사를 몇 번이고 주고받으며
잠이 든다.

집으로 향하는 길

얼매임과 벗어남은
오직 스스로의 마음에 달려 있으니,
마음으로 깨달으면 푸줏간도 극락세계요.

– 채근담 –

지친 하루의 끝
집으로 향하는 길.

힘들었지만

어깨를 펴요.
그리고 웃어요.
그대는 세상에서 가장 환한 사람이니까요.

저물어 가는 하늘을 봐요.
노을은 그대를 좋아하는 수줍은 미소
밤하늘에 서서히 나타나는 별과 달은
그대의 보석이 되죠.

두둥실 떠다니는 구름은 포근한 침대
스치는 바람은 그대를 사랑하는 사람의 손길

세상 모든 것은 그대를 위해 있어요.

하얗게

불태우다

실패하지 않는 성공보다 실패를 극복하는 성공.

그것이야말로 정말 루저가 되지 않는 것.

살아오면서 성공을 거두었던 적이 있었던가?

성공 분야와 기준은 모두가 다르겠지만, 자신 있게 이것만큼은
성공했다고 자부하는 사람은 그렇게 많지 않을 것이다.

"나는 왜 성공이라고 자부할 수 있는 것이 아무것도 없을까?"

성공을 못 했다면 다 루저인가? 그렇지 않다.

성공은 노력과 함께 타이밍도 따라야 한다.

대신 하얗게 불태웠다면 그것만으로도 충분하다.

당신은 다시 목표가 생기면 하얗게 불태울 것이고,

언젠가는 타이밍이 맞아 빛을 보게 될 것이기 때문이다.

살아오면서 처음으로 하얗게 불태우고 싶은 일이 있었다.

그것은 하늘을 나는 일이었다.

그래서 영화 중에 톰 크루즈 주연의 〈탑건〉을 좋아한다.

조종사의 이야기이기 때문이다.

20대에 군 복무를 장교로 했었다.

군에 들어가기 전에 학교 선배가 나중에 항공장교를
지원해 보라고 권했다.

그 말을 귀담아듣고 있다가 중위로 진급한 후
모집 공고가 나자마자 지원서를 냈다.
하지만 큰 난관이 있었다. 시력이 문제였다.
항공 근무를 하기에는 기준 시력이 미달이었다.
라식이나 라섹 수술도 허용되지 않았다.
시력을 극복할 방법을 아무리 궁리해 봐도 해답이 나오지 않았다.

그럼에도 포기하지 않고 방법을 찾고자 수소문한 끝에
드림렌즈라는 것을 알게 되었다.
지금은 드림렌즈 교정시력으로 지원할 수 없지만,
그때는 드림렌즈 교정시력에 제한을 두지 않았다.
곧바로 춘천에 있는 안과로 가서 드림렌즈를 맞췄다.
드림렌즈 착용 후 시력검사 결과
다행히 항공장교에 지원할 수 있는 시력이 되었다.
필기시험 공부도 몇 개월 만에 끝냈다.

시험장소가 논산에 있는 항공학교였기에
강원도 양구에서 복무하던 내게는 상당히 먼 거리였고,
잦은 훈련으로 인해 시험 날짜에 맞춰
휴가를 내기가 어려웠다.

그래도 간절히 바라던 일은 이루어진다고,
간신히 시험날짜에 맞춰 휴가를 낼 수 있었다.

그런데 시험 전날 오후부터 눈이 내리기 시작했다.
초조한 마음으로 연신 창밖을 바라보았고,
퇴근 후에 곧바로 버스정류장으로 향했지만,
폭설로 인해서 버스 운행이 중단되고 말았다.
순간 눈앞이 깜깜해졌다.
다른 교통수단을 이용할 수밖에 없었다.
버스정류장 옆에 정차 중이던 택시가 보였다.
택시로 다가가서 비용은 얼마든지 낼 테니
논산까지 가자고 했다.
하지만 돌아온 말은 양구대교가 차단되어서
나갈 수가 없다는 것이었다.

더 이상 방법이 없었다. 터벅터벅 집으로 들어가 누웠다.
질끈 눈을 감고 오지도 않는 잠을 청했다.
그렇게 다음 날까지 잠깐씩 잠들었던 시간을 빼고는
눈을 뜨고 있는 동안 괴로움에 몸부림치며
눈물을 흘렸던 기억이 난다.

그렇게 또 몇 개월이 지나서야
마지막으로 남은 시험 기회를 잡았다.
그때는 무사히 논산으로 가서 시험을 보고,
다음 날 신체검사도 이상 없이 받았다.
합격을 고대하며 시험 결과 발표 날까지
마음 졸이며 기다렸다.
통상 필기시험 결과는
시험 결과 발표 전에 미리 알 수 있었다.

몇몇 동기들은 이미 불합격 통보를 받았지만,
내게 돌아온 답변은 기다려 보라는 것이었다.
필기시험에 합격했음을 직감했다.
머릿속에는 온통 비행하고 있는 나를 그렸다.

그런데 얼마 지나지 않아 항공학교에서 전화가 왔다.
신체검사를 다시 받으라는 것이었다.
시력 문제는 아니고, 항공 근무자로서 어느 특정 수치가
기준보다 높다는 것이었다.
대전으로 내려가서 다시 신체검사를 받았다.
재검 결과를 알려 주지 않았지만 별문제 없을 걸로 생각했다.

하지만 합격자 발표일이 되자, 내 이름이 명단에 없었다.
그동안의 노력이 나와 상관없는 이방인이었던 것처럼
떠나버렸고 큰 실망만 남게 되었다.

그렇게 20대 젊은 날의 도전은 이루어지지 않았다.
그때를 기억하며 이 글을 쓰고 있자니,
힘들고 괴로웠던 마음이 생생하게 떠올라
몇 번이고 시선을 다른 곳에 두며 마음을 추스르게 된다.
그리고 차분히 다독이며 나지막이 나에게 말했다.
젊은 시절 힘든 실패였지만 잘 견디고 이겨내서 고맙다고.

좋은 결과만이 성공이 아니라 실패의 고난을 잘 견디고
이겨내며 성장해 가는 것도 성공이라고 본다.

실패하지 않는 성공보다 실패를 극복하는 성공.
그것이야말로 정말 루저가 되지 않는 것이라고
자신 있게 말해본다.
그럼으로써 난 다시 하얗게 불태울 수 있으니까.

주변을 돌아볼 때 나를 도와주는 이들이
의외로 많음을 느낀다.
그들과 도움을 주고받을 때
우리의 행복은 강한 전염이 된다.

대기업을 다니지만, 하루라는 삶의 무게로
피로에 찌들어 있는 한 청년이 있다.
퇴근할 때면 표정은 항상 잿빛 하늘처럼
어둡게 일그러져 있었고,
발걸음은 축 늘어진 호두까기 인형처럼 흐느적거렸다.

언제부턴가 그 청년의 퇴근길에서
항상 마주하는 이들이 있다.
지하철역 입구 계단에 엎드려 구걸하는 노숙자와
폐지를 한가득 실은 리어카를 힘겹게 끌고
횡단보도를 건너는 노인.
골목 언저리에 있는 보육원 정문에서
바깥세상을 보고 있는 꼬마 아이.
주인 없이 음식점 주변을 기웃거리다 구박받는 유기견.
그들에게 말끔한 정장 차림의 청년은 선망의 대상이었고,
성공한 사람이었다.

하지만 어느 순간부터 그들은 청년의 얼굴을
유심히 바라보았고, 망연자실한 청년의 표정을
안쓰러워하고 있었다.
마치 자신들의 처지보다 더 안타까워하는 시선이었다.

여느 때와 똑같은 퇴근길에 청년은 노숙자와 노인,
아이와 유기견의 시선과 마주하게 되었다.
그 시선은 슬로우 모션처럼 오래 머물렀고,
그들은 부족함과 고단함 그리고 외로움과 배고픔을 잊은 채
청년을 보며 미소를 지어주었다.
마치 어깨를 다독이며 잘하고 있다고, 걱정하지 말라고
말해 주듯이….

청년은 갑자기 무안해져서 한동안 길가에 머물러 있었다.
분명 그들보다 사회적 지위, 환경과 여건,
경제적 능력에서 월등히 앞서 있지만
행복의 정도는 의문이었다.
되레 그들의 눈빛에서 위로받는 느낌이었다.

순간 청년은 그들의 미소만으로도 깨닫고 자각할 수 있는
찰나의 감사함을 느꼈다.
그리고 그 감사를 도움으로 전하고 싶었다.
청년은 가던 길을 다시 되돌아가 구걸하던 노숙자에게
지갑에 들어 있는 지폐 몇 장을 꺼내 주었고,
횡단보도를 건너고 있는 리어카 뒤편으로 가서 아무 말 없이
밀어주었다.

그리고 골목 입구 가게에 들러 과자를 한가득 사서
보육원 정문에 서성이는 아이에게 건네주었다.
분식집 앞을 서성이던 유기견을 본 청년은
자신도 허기가 져서 순대와 어묵 2인분을
밖으로 가지고 나와 유기견과 나누어 먹었다.
그렇게 감사를 전하며 집으로 향하는 발걸음은
한없이 가벼웠고, 청년의 얼굴은 미소로 가득 찼다.
청년이 받은 위로만큼이나 청년이 내민 도움에
그들의 얼굴도 더 밝아져 있었다.

분명 그들보다 사회적 지위, 환경과 여건,
경제적 능력에서 월등히 앞서 있지만
행복의 정도는 의문이었다.
되레 그들의 눈빛에서 위로받는 느낌이었다.

chapter 5

마음이나 뜻을
굳게 가다듬어
정하다

가치

가치를 얻는 일은 선택이 아닌 최선이다

가끔 무슨 책을 살지 정하지 않고
무작정 서점에 가서 책을 고를 때가 있다.
오랫동안 책의 목차와 내용을 읽어보며
직감이 고르라고 할 때까지 기다린다.
마땅히 사야 할 책이 없을 때는 고전이 있는 쪽으로 향한다.

고전은 대체로 두꺼워서 일반 소설이나 에세이보다
가격이 비싸다.
때마침 한쪽에 미니북 균일가로 고전이 진열되어 있었다.
하지만 값싼 미니북 고전중에는 내가 보고자 했던 고전은 없었다.
다시 에세이 부스로 가서 대충 마음에 드는 책 한 권을
고르기로 했다.

그때 뒤에서 초등학교 저학년쯤으로 보이는 아들이
아빠에게 하는 말이 들렸다.
"아빠, 나 이 책이 마음에 드는데."
아빠는 아들에게 말했다.
"그래, 책은 사면 다 읽어야 해."
아들은 책 뒷면의 정가가 얼마인지 확인하고 있었다.

그때 아빠는

"아들, 책을 살 때는 가격을 보는 게 아니다."라고 말했다.

아들은 바로 책을 집어 계산대로 향했다.

순간 난 부끄러움에 얼굴이 화끈거렸고, 몸 둘 바를 몰랐다.

나름 독서와 글쓰기를 평생의 업으로 삼고자 하는 다짐이

마치 아이들 소꿉놀이처럼 가볍게 느껴졌다.

무언가 구입힐 때는 흥정이 있기 마련이다.

웬만하면 싸고 가성비가 좋은 것으로….

그런 상품을 찾아내고 구입했다면 자랑할 만하다.

하지만 책은 보고 싶은 책이 있음에도 가격이 비싸서

다른 책을 고른다면 가성비가 있다고 말할 수 없다.

보고 싶은 책은 그 책을 완독하게 한다.

그냥 읽어야지가 아닌, 이 책을 왜 읽어야지가 되어야

가성비가 있다고 할 수 있다.

난 다시 고전 부스로 가서 원래 보고자 했던 고전을 골랐다.

그리고 다짐했다.

두 번 다시 책의 뒷면은 보지 않기로.

걱정을 목표로 바꾸기

걱정은 상황에 지배당하고,
목표는 상황을 지배한다.

걱정만 해서 나아지는 게 있을까요.

걱정하지 마세요.

걱정은 방황하는 머무름이고,

반대로 목표는 실천하는 움직임이죠.

걱정을 목표로 바꾸어 보세요.

걱정은 내 안에만 있는 것입니다.

그리고 들리지 않는 울림이고 현실성도 없어요.

하지만 목표는 멀리 보이는 깃발이에요.

조금씩 다가가서 잡을 수 있어요.

걱정은 많을수록 혼란스럽고 괴로워요. 공허하고 우울해지죠.

하지만 목표는 많아도 할 수 있다는 자신감과 의지가 생겨요.

결국 목표에 근접하게 되고 일부는 이루게 되죠.

이제 걱정을 만들지 말고 목표를 만드세요.

업무든, 공부든 과업을 갖고 있다면

이 업무와 공부를 언제 다 할지 걱정하지 말고

지금 바로 시작하세요.

업무와 공부를 완성하는 목표를 만드세요.

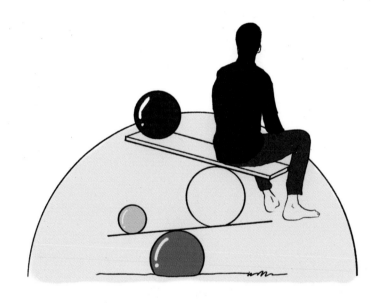

걱정은 내 안에만 있는 것입니다.
그리고 들리지 않는 울림이고 현실성도 없어요.
하지만 목표는 멀리 보이는 깃발이에요.
조금씩 다가가서 잡을 수 있어요.

나를 들여다보기

항상 변화를 생각해야 한다.
인생의 방향은 다양하기 때문이다.

오늘 하루는 어떠셨나요?

이 질문에 나는 어떻게 답을 할 수 있을까?

〈범죄와의 전쟁〉이라는 영화에서 최민식이 하던 대사를
빌려보자면,

"내가 마! 오늘 출근해가 마! 오전에 일하고 마!
부서원하고 밥 묵고 마! 퇴근해가 샤워하고 마! 다 해써!"

그렇다. 다 했다.

매일 하던 대로 그렇게 오늘도 평범한 일상에서
할 일을 다 했다.

그런 평범한 일상을 우리는 어제도 살았고,
오늘도 살고 있으며, 내일도 살게 될 것이다.

똑같은 하루를 살면서 똑같은 나로 살아가고 있다.

근데 하루라는 시간에 의미를 좀 더 부여하고 싶다.

할 일을 다 했지만 다른 일도 해 보고 싶다.

시간에 쫓기듯 살다 보면 나도 모르게
시간의 노예가 되어버린다.

하루살이의 평범한 나,
그리고 변하지 않는 내가 그 자리에 서 있게 된다.
결국 변화를 바라는 나와 그 자리에 머물러 있는
나의 간극은 점점 멀어져만 간다.

나이가 들어감에 따라 성장해 간다고 착각할 수 있다.
생각해보면 모습의 변화만 있을 뿐,
내면의 변화는 전혀 없음을 느낀다.
정말 모습밖에는 달라진 게 없다.

변화를 위해 가끔은 내 시간을 멈춰야 한다.

시간을 멈추고 우리는 하루 안에서
나를 자세히 들여다볼 필요가 있다.

나를 자세히 들여다보기 위해서는
독서하듯 나라는 제목의 글을 읽을 필요가 있다.
그리고 펜으로 나를 써 보아야 한다.

오늘을 자세히 기록해 보면 어떨까?

오늘 무엇을 했는지를 기록하는 것이 아니라

내가 했던 말과 생각, 습관들, 그리고 하루를 살면서

자랑과 후회, 긍정과 부정적인 부분이 무엇이었는지를

기록해 보면 내가 가진 것들 중에서 이어가도 되는 것,

버릴 것, 고쳐야 할 것을 알 수 있다.

매일 기록할 필요는 없다.

설령 매일 기록만 하게 되는

일회적인 작업이 될 수도 있기 때문이다.

케케묵은 나쁜 습관들이 고쳐지거나 버려지면

그때 다시 하루를 기록해 보면 된다.

그렇게 가끔 시간을 멈추고

나를 자세히 들여다볼 필요가 있다.

독
서

독서를 통해서 와 닿는 문장을
의식 안에 날카롭게 새겨가야 한다.
그 조각들이 의식 안에서 완성이 되었을 때
비로소 변화의 작품이 만들어진다.

사람은 스스로가 변해야 한다.

그 변화를 위한 가장 좋은 방법은 독서라고 생각한다.

귀로 듣는 것보다 눈으로 보고 생각하는 것이

훨씬 마음의 울림이 크다.

아무리 누군가 조언을 하더라도 그때뿐이지 남아 있지 않다.

조각칼로 판화에 한 획을 긋듯이

스스로 새겨가는 것이 중요하다.

독서를 통해서 와 닿는 문장을

의식 안에 날카롭게 새겨가야 한다.

그 조각들이 의식 안에서 완성이 되었을 때

비로소 변화의 작품이 만들어진다.

독서를 하기 전에 책은 신중하게 고를 필요가 있다.

아무 책이나 읽지 않아야 한다.

울림이 없다면 몇 장 읽다가 덮어둘 게 분명하기 때문이다.

하지만 마음의 울림이 있는 책을 찾기란 쉽지 않다.

2021년 3월, 세 권의 책이 삶에 변화를 일게 했다.

지금 소개하는 세 권의 책이
이 책을 쓰게 된 동기가 되었고,
일부 좋은 문장은 인용했다.

첫 번째 책은 《홍정욱 에세이 50》

무료한 주말, 늦잠을 자고 일어나 무작정 서점으로 향했다.
아무 책도 못 고르고 나올 때가 많았지만,
혹시나 모를 운명적인 만남을 기대했을지도 모르겠다.
그리고 그 기대는 예고 없이 찾아왔다.
서점 문을 열고 터벅터벅 걸어가며 서고를 무심하게 보다가
쌓아 놓은 책 속에서 눈에 들어온 인물이 있었다. 홍정욱.
오래전 그가 쓴 《7막 7장》이라는 책을
감명 깊게 읽었던 기억이 났다.
《7막 7장》이 그가 치열하게 살아온 과정을 쓴 글이라면,
《에세이 50》은 살아오면서 느낀 존재의 목적과
자신의 소명을 이야기해 주는 책이라고 느꼈다.
단어와 문장은 엄격하고 힘이 있었으며,
어물쩍대는 나에게 충분한 자극이 되었다.

두 번째 책은 박웅현의 《여덟단어》

책 제목대로 여덟 개의 키워드를 갖고 쓴 책이다.
갇혀 있던 사고를 깨는 데 많은 도움이 되었다.
책을 읽으면서 몇 번이고 감탄을 쏟아냈고,
나의 생각과 같이하는 내용이 많아서 좋았다.

세 번째 책은 김유진 변호사의
《나의 하루는 4시 30분에 시작된다》

그동안 나에게는 책을 읽을 시간도, 책을 쓸 시간도,
운동을 하거나 사색할 시간도 없었다.
그런 시간은 업무에 속한 일상에서 완전히 분리되어
온전한 시간이 주어졌을 때만 가능하다고 생각했기 때문이다.
하지만 이 책을 읽고 나서 짬이라고 하는 짧은 시간도
꾸준하게 활용하다 보면
다양하고 많은 일들을 할 수 있다는 걸 알게 되었다.
그동안 난 시간에 사용되어 왔지만,
이제는 시간을 사용할 수 있게 해주었다.

더욱 독서의 효과를 극대화하기 위해서 필사도 해보았다.

책 한 권을 전부 필사해야 한다는 의무감이 들면

힘들어질 수 있기 때문에 책을 읽다가

마음에 와 닿는 문장이 있으면 밑줄을 긋고

그 페이지에 띠지를 붙여 두었다.

그리고 잠들기 전 혹은 잠에서 깬 직후 그 문장만 필사했다.

필사는 책이 주는 교훈을

의식에 새기는 작업이라는 생각이 든다.

'왜 이제서야 알게 된 걸까.'라는 아쉬움이 들지만,

그래도 더 늦지 않아서 다행이다.

집

중

전문가가 되기 위한 1만 시간의 법칙이 있다.

잔잔한 강물과 같이 그 시간을 채우기 위한
노력도 중요하지만,
거센 파도 같은 집중을 더 한다면
1만 시간을 훨씬 짧게 가져갈 수 있다.

홍정욱은《에세이 50》에서 집중의 중요성에 대해
이렇게 강조한다.

"얼마나 많은 시간을 보냈는가는 중요하지 않다.
때로 얼마나 열심히 했는가도 안 중요하다.
성공의 핵심은 초인적인 집중의 힘이다.
환경에 방해받지 않고 변수에 흔들리지 않는 몰입이다."

신경 쓸 일들로 금방 집중력이 흐트러진다.
그럴 때마다 '오직 글만 쓸 수 있는 완벽한 여건이 주어진다면
얼마나 좋을까.'라는 생각을 해본다.
작가 지망생이라면 누구나 꿈꿔보는 전업 작가의 삶.
무언가에만 몰두할 수 있는 무결점의 시간.
하지만 우리의 여건은 항상 불비(不備)하다.

살아가면서 부족한 요소들은 늘 곁에 머물러 있다.
'이것만 있다면 잘할 수 있을 텐데.'
'이것 때문에 못하고 있는 거야.'라는 핑곗거리가
얼마나 많았던가?

학창 시절 마음잡고 공부해 보겠다고
참고서와 문제집을 잔뜩 샀다.
'이제 내가 원하는 걸 얻었으니 잘할 수 있을 거야!'라고
만족해하며 한껏 기대로 가득 차 있다.

하지만 기대는 그때뿐이었다.
고작 몇 페이지를 넘기고는
책장 깊숙한 곳에 방치되기 일쑤였다.
여건과 환경이 어땠건 마음가짐이 중요하다.
여건과 환경만 바라보며, 자신이 원하는 상태로 갖춰지기만을
바란다면 시간을 다 허비하고 말 것이다.

아무것도 하지 않고 완벽한 여건만을 바란다면
이미 자신의 한계를 만든 것이다.
아마 죽는 날까지 그 여건이 갖춰지지 않을 수도 있다.
적응하고 극복해야 한다.

홍정욱은 기업가다.
그의 삶은 한시도 쉼 없이 흘러간다.

생각하고 신경 쓸 일이 한둘이 아닐 것이다.
그럼에도 불구하고 하루라는 시간 동안
독서와 명상과 일을 병행한다.
더불어 책도 출간한다.

내가 원하는 상태를 바라고 기다리는 것은
그저 쉬운 길로만 가려는 마음에서 비롯된다.
여건이 아무리 불비(不備)할지라도 꿈에 대한 집중.
그 시간 동안은 다른 것에 흔들려서는 안 된다.

그리고 또 집중.
그것만이 내게 주어진 시간을 온전하게 사용할 수 있고,
그 시간의 효율을 극대화하는 방법이다.

루틴의 시간과 환경

부자들은 시간을 산다고 한다.

시간이 많아질수록 루틴을 유지하는 데 용이하고,
루틴으로 그들은 진보하며,
더 나은 환경의 변화를 맞이하기 때문이다.

믿음을 현실화시키기 위해서
루틴의 환경은 절대적으로 필요하다.
몰입의 연속성이 약해지면 현실화하기까지의 시간은
아무리 손을 뻗어도 점점 멀어진다.
루틴의 저해 요소가 되는 일상의 변수는
항상 주변에 머물러 있다.

그렇다면 우리는 어떻게 해야
루틴을 만들고 유지할 수 있을까?
가장 빠르고 확실한 방법은 저해 요소에서 벗어나는 것이다.
과감하게 박차고 나가야 한다.
하지만 우리는 밥벌이라는 가장 중요한 것을 지키기 위해
무엇 하나 놓기도 쉽지 않다.
오늘 하루도 처지를 한탄하며 루틴의 환경을 꿈꾼다.

하지만 방법이 전혀 없는 것은 아니다.
루틴의 환경이 제한된다면 루틴의 시간을 만들면 된다.
하루에 10분 걷기. 10분의 명상. 10분의 독서.
이것만으로도 루틴을 지켜 가고 있는 것이다.

단 10분일지라도 루틴 체크는 필수다.

그것마저 놓치는 경우가 허다하기 때문이다.

계속 놓치다 보면 삶을 변화시킬 기회를 영영 잃어버린다.

루틴의 환경을 갈구하고 삶이 변할 것이라는

사실을 믿는다면 루틴의 시간은 점점 늘어날 수 있다.

우리는 루틴을 지키며 삶을 바꿀 기회가 몇 번은 있었다.

잘 생각해보라.

가장 일이 잘 풀렸던 순간, 가장 보람되었던 순간,

가장 자신감이 넘쳤던 순간, 가장 행복했던 순간.

분명히 있었을 것이다.

그리고 지금 이 순간, 자신의 일상을 되돌아본다.

지금도 그 루틴을 유지해 가고 있는가?

기억나지 않는다면 그 루틴은 이미 사라졌고,

자신의 환경은 계속 그 자리에 머물러 있는 것이다.

시간이 멈춰버린 것처럼….

루틴의 시간은 마치 마일리지를 채우는 것과 같다.

마일리지가 다 채워지면 당신의 환경은 변해 있을 것이다.

시
간

관
리

시간을 지배하기 위해서는
분명한 필요성과 의지가 수반되어야 한다.

목표도 없고 진행하는 일도 없다면
내 시간은 내 것이 아니게 된다.
각자 고유한 시간이 주어진 것으로 생각하지만
전혀 그렇지 않다.
시간은 산소와 같아서 누구에게나 똑같이 주어진다고
생각하지만 오산이다.
시간을 지배하는 것은 필요성과 의지다.

무언가에 절실함이 없는 시간은 매번 버리게 되는 시간이다.

지금 내가 가고자 하는 목표가 있다면
그 목표에 맞춰서 시간을 사용하게 된다.
그리고 아주 짧은 시간도 더 소중히 사용하게 된다.
그럼으로써 타인의 시간도 존중하게 되고,
타인도 내 시간을 인정하게 된다.

내 삶에서 가장 바빴던 시절을 기억해 보면
직장을 다니면서 평일에는 대학원 공부와
주말에는 심리학 공부를 병행할 때가 있었다.

오전 8시부터 오후 5시까지 업무를 보고
화, 목, 금요일 수업을 듣고 나면
밤 11시가 다 되어서야 집에 도착했다.
제대로 저녁을 챙겨 먹을 시간도 없었다.
그나마 월, 수요일은 리포트를 쓰거나
논문과 시험 준비를 해야 했다.
토, 일요일은 심리학 수업이
오전 9시부터 오후 5시까지 이어졌다.

직장 동료들은 처음에는 술 약속을 매번 빠지는 것에
서운해하고 핀잔도 주었다.
나 또한 미안해하면서 그 무리에서 멀어질까 봐
걱정도 되었지만,

미안함과 걱정을 목표와 바꿀 수는 없었다.

결국 나중에 나의 목표와 일상을 알게 된 동료들은
되레 수업에 늦을까 봐 업무를 도와주기까지 했고,
어렵게 참석하게 된 자리에서는 매우 반가워했다.

"지금 내 시간이 없어."라는 원망은 그만해야 한다.
진정 바쁜 사람은 시간 관리를 잘한다.
물론 사람 관리도 잘한다.

그래서 정말 바쁜 사람은 바쁘다고 하지 않는다.
이미 내 시간을 내가 쥐고 있기 때문이다.

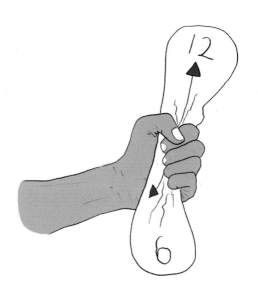

연습의 시간과
연구의 시간

연구를 통해서 최선을 만들고,

연습을 통해서 완성해 간다.

연구 없는 연습은 도약 없는 제자리걸음이다.

"열심히 하겠습니다."

사회 초년생들의 공통된 포부다.

"열심히는 다 하는 거고, 잘해야지."

꼰대라고 일컫는 기성세대들이 덕담처럼 하는 대답이다.

하지만 곰곰이 생각해보면 맞는 말이기도 하다.

주어진 시간 동안 더 많은 성과를 내야 한다.

그것이 잘하는 것이다.

누구나 인정받고 성공하고 싶어 하기에 부단히 연습한다.

하지만 연습만으로는 잘할 수 없다.

매뉴얼만 능숙하게 다룰 뿐이다.

반드시 연구의 시간을 가져야 한다.

글로벌 기업인 삼성이 처음부터 반도체 분야를
주도했던 것은 아니다.
농산물과 국수 회사인 삼성상회로 시작했다.
만일 삼성이 열심히만 했다면
식품 제조 공장에 머물렀을 것이다.
반도체 분야를 연구하고 투자해서
지금의 삼성전자가 있게 되었다.

반면에 코닥이라는 기업은 필름 사업으로
한때 호황기를 맞았지만 필름사업만 열심히 하고
디지털 사업의 상용화를 연구하지 않은 까닭에
결국 파산하고 말았다.

미래의 가치와 준비해야 할 것은 연구를 통해서 알 수 있다.

이승엽은 야구선수 시절 타격 폼을 수정하며 변화를 주었다.
나이를 먹어감에 따라 낡아지는 신체 능력과 반사 신경을
감안해서 가장 적합한 타격 폼을 연구하며
새롭게 만들어 갔다.
실제로 이승엽의 젊은 시절 타격 폼과
은퇴를 앞둔 시절 타격 폼을 비교하면 큰 변화를 알 수 있다.
만일 같은 타격 폼만 죽어라 열심히 연습했다면
40세가 넘은 나이에도 야구를 잘할 수 있었을까?

요식업도 마찬가지다.
셰프의 고집대로만 열심히 음식을 만든다면
다양한 손님의 입맛에 맞추기는 어렵다.
손님의 선호도와 대중적인 맛을 계속 연구하다 보면
분명히 잘되는 음식점이 되어 있을 것이다.

지금 내 자신이 뭔가를 열심히 하고 있음에도
한계에 부딪힌 것 같고, 한곳에 머물러 있다는
생각이 든다면 연구의 시간을 가져야 한다.

열마디 말보다
실천 하나

말이라는 것은 순간에만 머물러 있고,
실천은 계속해서 움직이게 한다.

생각보다 단순하다.

어쩌면 너무 쉽게 변화를 가져올 수 있다.

복잡하게 생각하고 말하기보다

단순하게 행하는 것이 더 효과적이다.

말로써 무언가를 바꿀 수 있다면 말은 마법과도 같을 것이다.

하지만 말은 공간 안에서 울렸다가 사라지는 소리다.

우리는 생각에 생각을 거듭하고 실천으로 옮길지를 고민한다.

계속 자신에게 의심의 말만 해대는 것이다.

그러다 보면 포기하거나 적시적인 기회를 놓치게 된다.

하지만 실천을 먼저 하면 그것은 바로 시작이 된다.

말로써 객관적인 판단은 하되 한계를 만들지는 말아야 한다.

그것은 직감이 아닌 의심이 되기 때문이다.

의심은 믿음을 놓게 되고, 결국 물러서게 한다.

생각했던 일들을 실천해 보지 않고

효율을 따지기에는 무리가 있다.

그리고 이미 실천했다면 고민해서는 안 된다.

목표를 눈앞에 현실처럼 떠올리고 사실로 여긴다면
당신의 모든 것들이 자연스럽게 목표로 이끈다.
어느 곳을 가고 누구를 만나는 것까지
자연스러운 목표를 위한 과정이 된다.

하지만 말이 많아지면 과정이 어긋나버린다.
말에서 이미 의심이 생기기 때문이다.
그렇게 되면 과정은 내가 꿈꾸는 목표와는
전혀 다른 방향으로 전개된다.
말로써 신성한 과정이 퇴색되기 전에
믿음을 갖고 실천해 가야 한다.

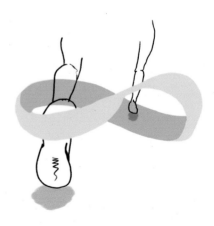

작은 것부터의 실천

큰 계획의 시작은 다가서기 힘들지만
작은 계획의 시작은 다가서기 쉽다.

우리가 생활하는 집안을 자세히 들여다보면
옷장 아닌(?) 옷장들이 꽤 있다.
의자 등받이, 침대 위, 하물며 문고리까지.

어느 날 외출을 하고 돌아와서 외투를 의자 등받이에
무심코 던져 놓고 보니 벌써 몇 벌이 포개어져 있었다.
가만히 그 광경을 지켜보다가 순간 자리에서 일어나 옷들을
정리하기 시작했다. 나중에 해도 될 것을 뭐 하러?

지금 아니면 나중에.
그 시점을 고민했다.
그러다가 나중이라는 것을 생각해보았다.

어차피 의자에 있던 외투도 나중에는 옷장에 들어가게 된다.
하지만 결국 나중이다.
지금 머뭇거림 없이 시작하고 싶었다.
모든 것이 나중이 되었다가는
인생도 나중이 되어버릴 것 같았다.
바로 할 수 있는 작은 일은 지금 해야겠다는 생각이 들었다.

모든 것을 한순간에 좋은 습관으로 바꿀 수는 없다.
하지만 작은 것에서부터
적은 힘을 들여 바꿔 가면 어렵지 않다.

학창 시절 방학을 앞두면 으레 일일 계획표를 만든다.
그것도 공들여서 정말 거창하게 만든다.
만들어 놓고 보면 그렇게 뿌듯할 수가 없다.
그리고 반드시 지켜낼 것이라고 다짐한다.
하지만 그 다짐은 작심삼일도 못 가서 끝나버린다.
거창한 계획만큼이나 바꾸려고 한 것이
너무 거창했기 때문이다.

한순간에 모든 것을 바꿀 수 있다면
우리는 매일매일 다른 사람이 될 수 있다.
그리고 매일매일 다른 인생을 살 수 있다.
하지만 오늘 봤던 사람이 내일 완전 다른 사람이 될 수 없다.
오랜 시간을 두고 작은 것에서부터 바꾸려고 노력한 삶을
살아간다면 훗날 달라진 나를 기대할 수 있다.

정재기가 정재기를 만나다

누군가에게 잘 보이고 싶어서가 아닌,
실망스러운 내가 되고 싶지 않다.

여느 때와 마찬가지로 바쁜 일상을 보내고 있었다.

업무에 몰두하다가 집중력이 떨어질 때쯤 한 곳을 멍하니

응시하고 있을 때 누군가가 나에게 다가왔다.

내 앞에 다가온 그는 큰 키에 준수한 외모의 청년이었다.

"혹시 정재기 계장님 아니십니까?"

처음 본 청년이 나를 어떻게 알까? 궁금해하며,

"그런데요."

"제가 처음 왔을 때부터 얘기를 많이 들었습니다.

저도 정재기라고 합니다."

청년은 환한 미소를 지으며 반갑게 나를 바라보고 있었다.

난 어안이 벙벙했다.

내 이름이 그렇게 흔한 이름도 아니었고,

게다가 성씨까지 같다고 하니 이게 무슨 일인가 싶었다.

그 청년의 명찰을 보니 '정재기'라고 적혀 있는 게

또렷이 보였다.

순간 난 움츠러들었다.

그 청년에게는 같은 이름의 사람이 신기하기도 했겠지만

어떤 사람일까라는 궁금증도 분명히 있었을 것이다.

같은 이름을 가진 사람의 외모, 성향, 인생은

또 다른 어떤 모습일까라는 궁금증.

멋쩍어하며 반갑게 악수를 청했다.

그리고 청년 정재기와 한동안 앉아서 이야기를 나눴다.

같은 이름을 가지고 살아온 각자의 인생을

우리는 마치 잃어버린 서로를 찾아주듯

살아온 삶의 퍼즐을 맞춰가며 공유했다.

그리고 대화의 마지막에는 처음 청년이 나를 봤을 때

어땠는지를 물었다.

청년 정재기가 본 내 첫인상은 편안해 보였고,

바쁘게 업무하는 모습이 성실한 사람으로 보였다고 한다.

청년이 바라본 또 다른 정재기가 모범적으로 보였으니

그것만큼 다행스러운 일은 없었다.

긴 시간 대화를 끝으로 우리는 서로를 응원하며
다음 만남을 기약했다.

멀어져 가는 청년 정재기의 뒷모습을 보고 잠시 생각에 잠겼다.
또 다른 정재기를 언제 다시 만나게 될지 모른다.
그게 아니라도
나를 아는 사람을 언제든지 갑작스럽게 만날 수 있다.

그때의 난 어떤 모습이어야 할까?
그 모습을 위해서 지금 난 어떤 삶을 살아야 할까?

창
작

누군가를 부러워하거나 시기할 필요 없다.
하얀 백지 위에 나만의 인생을 써 내려가면 된다.

논리보다 공감해 주는 나에게

초판인쇄 2022년 12월 9일
초판발행 2022년 12월 16일

지은이 정재기
발행인 조현수
펴낸곳 도서출판 프로방스
기획 조용재
마케팅 최관호 최문섭
편집 강상희
디자인 호기심고양이
일러스트 초이선비, 풋윤

주소 경기도 고양시 일산동구 백석2동 1301-2
         넥스빌오피스텔 704호
전화 031-925-5366~7
팩스 031-925-5368
이메일 provence70@naver.com
등록번호 제2016-000126호
등록 2016년 06월 23일

정가 16,000원
ISBN 979-11-6480-274-6 03810